U0838900

门

もん

【日】夏目漱石 著

なつめ そうせき

竺家荣 译

三

时代文艺出版社

图书在版编目（CIP）数据

门 / (日) 夏目漱石著；竺家荣译. -- 长春：时代文艺出版社, 2019.2（2024.10重印）
ISBN 978-7-5387-5873-3

Ⅰ. ①门… Ⅱ. ①夏… ②竺… Ⅲ. ①长篇小说－日本－近代 Ⅳ. ①I313.44

中国版本图书馆CIP数据核字(2018)第115444号

门
MEN
[日] 夏目漱石 著　竺家荣 译

出 品 人：吴　刚
责任编辑：刘　兮
装帧设计：孙　利
排版制作：隋淑凤

出版发行：时代文艺出版社
地　　址：长春市福祉大路5788号　龙腾国际大厦A座15层（130118）
电　　话：0431-81629751（总编办）　0431-81629758（发行部）
官方微博：weibo.com/tlapress
开　　本：640mm × 910mm　1/16
印　　张：13.75
字　　数：146千字
印　　刷：三河市万龙印装有限公司
版　　次：2019年2月第1版
印　　次：2024年10月第12次印刷
书　　号：ISBN 978-7-5387-5873-3
定　　价：32.00元

1

宗助把坐垫拿到檐廊上，找了个太阳地儿，舒舒服服地盘腿坐了不大工夫，就把手里的杂志一扔，干脆躺倒了。真不愧是小阳春天气，加上这条巷子特别安静，往来行人的木屐声都听着格外清脆。宗助曲肱而枕，望向屋檐外的天空，但见朗朗晴空，一片湛蓝。和自己横卧的这个憋屈廊子一比，顿觉那寥廓苍天辽阔无比。在这宝贵的星期天，哪怕只是这样悠闲地眺望天空，宗助也觉得心情怡然。他蹙起眉头凝望着粲然闪耀的太阳，渐觉刺眼，便朝拉门这边翻过身来。他的妻子阿米正在拉门里边做针线活儿。

“哎，天气真不错啊。”宗助对妻子开口道。妻子只“嗯”了一声，没说什么。宗助也不想聊什么天，就此不再发声。过了一会儿，妻子说：“你还是出去散散步吧。”这回宗助只“唔”了一声。

过了两三分钟，妻子把脸凑近拉门玻璃，瞧了瞧在檐廊上躺着的丈夫。丈夫不知怎么想的，蜷缩起双膝，像大虾似的弓着身子，两臂交叉，把脑袋夹在臂弯中，完全看不到他的脸。

“你在那儿睡觉，是要感冒的啊。”妻子提醒他。妻子说起话来半像半不像东京腔，跟时下的女学生似的。

宗助仍旧把脸夹在两臂之间，眨巴着大眼睛，小声答道：“我不会睡的，不要紧。”

然后又没人说话了。胶轮车从门外经过的铃声响过两三次之后，远远传来了公鸡的啼声。宗助隔着衬衣，贪婪地享受着从新棉布衣背部自然透进来的温暖阳光，无所用心地听着门外的动静。忽然，他像想起什么事似的，问拉门里边的妻子：

“阿米，近来的‘近’字，怎么写的来着？”

妻子听了，答道：“不就是近江的‘近’吗？”并没有露出诧异之色，也没有发出年轻女子特有的清脆笑声。

“我就是忘了近江的‘近’字怎么写了呀。”

妻子把关着的拉门拉开一半，伸出一把长尺子，用尺子头在檐廊上写了个“近”字。

“是这样写吧。”她说完，将尺子戳在写字的地方，出神地眺望起了清澄的蓝天。宗助没看妻子的脸，说道：“还真是这么写啊。”他没有笑，不像在开玩笑。而妻子对丈夫忘了“近”字怎么写，也是一副无所谓的样子。

“真是个好天气啊。”妻子半是自言自语地说着，让拉门半开着，又继续做针线活儿了。这时，宗助微微抬起夹在胳膊之间的脑袋，瞧着妻子说道：

“要说文字这种东西，很不可思议呢。”

“为什么？”

“你问为什么？就是再平常的字，一旦觉得别扭，心里生疑后，就越发想不起来了。前不久也是，突然对‘今天’的‘今’字纠结了半天。把这个字写在纸上，定睛细看时，总觉得哪里不对劲。结果越看越觉得不像‘今’字了。你碰到过这种情况吗？”

“怎么会呢？”

“难道只有我这样吗？”宗助用手摁起脑袋来。

“我看你有点儿神经衰弱吧。”

“说不定还真是神经衰弱闹的。”

“可不是嘛。”妻子看着丈夫说。丈夫终于站了起来。

宗助从针线盒和零碎线头上面跨过去，打开餐室的拉门，进了会客间。因南面被大门遮挡，刚从阳光下进屋里来的宗助，觉得最里边这扇拉门冷飕飕的。一打开那拉门，便看见紧贴着房檐般倾斜的土堤，耸立在檐廊尽头，因此连上午本该洒下来的阳光也难得一见了。土堤上面长着杂草，下面也没有垒什么石头，说不准什么时候就会塌下来，奇怪的是，还不曾听说这里塌方过。也许是这个缘故，多年来，房主一直听之任之。一位在町内住了二十年之久的菜店老爷子，曾在后门口特意对宗助说过这样一番话：“听人说，这地方本来长着一片竹丛，当年开垦这里的时候，竹根没有挖出来，被埋进土堤中了，所以土质特别紧实。”宗助马上提出质疑：“可是，如果竹根留在土里，不是还会长出竹丛来吗？”“这个嘛，挖得那么深，竹子就不容易长出来了。这土堤反倒更结实了，不管发生什么，也不会塌方的……”老人就像是为自己的东西拼命辩护似的，说了这番话就走了。

到了秋天，那土堤上仍然看不到什么色彩，只有发黄的绿草漫然疯长着，满眼乱糟糟的。像芒草或是常春藤之类有点儿姿色的花草，就更不见踪影了。只有以前的几棵孟宗竹伫立在土堤半腰和顶上。当阳光射到发黄的竹子上时，从房檐下探头望去，土堤上的萧瑟秋意便映入眼帘。宗助每天一早出门，下午四点钟多回家，所以在这白天变短的季节里，难得有闲暇仰望土堤上面。他从昏暗的厕所出来，接着洗手盆里的水洗手时，偶尔抬头朝房檐外看，才想起那儿还有几棵竹子。只见那竹梢上顶着一簇绿叶，貌似剃得只留一撮头发的脑袋。那竹梢陶醉在秋阳里，沉甸甸地垂着，寂寞重叠着的叶子一片都不晃动。

宗助关上拉门回到会客间，在桌前坐下来。名为会客间，只因在此接待客人之故，其实叫书房或起居室更为妥当。靠北侧有个壁龛，应付差事似的挂了个不搭调的挂轴，挂轴前摆着一瓶朱泥色的拙劣插花。门楣上也没有挂镜框什么的，只有两颗发亮的黄铜弯钩挂钉。此外还有一个安了玻璃门的书柜。书柜里面并没有摆什么让人眼睛一亮的好东西。

宗助拉开带银拉手的桌子抽屉，翻找了半天，也没有找到什么，就啪的一声关上了，然后掀开砚台盖子，开始写信。写完一封信，封上口之后，宗助思考了一下，隔着拉门问妻子：

“哎，佐伯家是中六番町几号？”

“是25号吧？”妻子回答，宗助写完地址时，她又补了一句：

“写信恐怕不行，你还是得去一趟，跟他好好说说。”

“不行也得先写封信去吧。如果不行的话，我打算再跑一趟。”他坚持说，见妻子没有回话，又叮问：“你看，这样可以吗？”

妻子也不好说不行，没有再争辩。宗助拿着信，从会客间直接去了玄关。听到丈夫的脚步声，妻子才站起来，从餐室外面来到玄关。

“我顺便走走再回来。”

“你去吧。”妻子微笑着回答。

过了三十分钟左右，只听格子门嘎拉一声开了，阿米又停下做针线活儿的手，从檐廊去玄关一看，原来是戴着高中学生帽的小叔子小六进来了。他一边解着只露出五六寸裙裤的黑呢绒长披风的扣子，一边说：“好热啊。”

“你也真行，这么热的天，还穿这么厚的衣服出门。”

“不是，我以为太阳落山后会冷呢。”小六半是辩解地说着，跟在嫂子后面去了餐室，看到缝了一半的活计，就说了句：“嫂子还是闲不住啊。”小六在长方形火盆跟前盘腿坐下来。阿米把缝纫筐推到角落，来到小六对面，把铁壶拿下来，添加煤炭。

“沏茶就免了吧。”小六说。

“不喜欢喝呀？”阿米像个女学生似的问道，然后笑着问：“想吃点心吗？”

“有吗？”小六问。

“没有啊。”嫂子实话实说，忽而又想起什么似的说：“等一下，也可能有呢。”说着站起来，顺手把炭篓子挪开，打开了橱柜。小六望着阿米的背影——她的外褂因里面的腰带而鼓起——看她不知找什么，半天也没有找到，就说：“点心还是算了吧。今天哥哥去哪儿了？”

“你哥哥刚刚出去……”阿米背朝着他回答，仍在壁橱里找着。然后啪的一声关上壁橱门，一边说“没有了。不知什么时候被你哥都吃光了”，一边回到火盆跟前来了。

“要不晚上给你做好吃的吧？”

“好啊。”小六看了眼座钟，已经快四点了。阿米嘴里“四点、五点、六点”地算着时间。小六默默地望着嫂子。他对嫂子的晚餐其实并没有多少兴趣。

“嫂子，哥哥去见佐伯了吗？”小六问。

“前些天他就一直念叨要去一趟呢。不过，你哥每天早出晚归的，回家后累得连澡堂子都懒得去，所以我也不忍心老催他。”

“我哥也确实很忙，可是，这个事儿定不下来的话，我总觉得没着没落的，学习也不踏实。”

小六边说边拿起黄铜火筷子，在火盆的煤灰中胡乱写起什么来。阿米怔怔地瞧着那移动的火筷子尖。

“所以他刚才先写了封信寄去了。”阿米安慰道。

“写了什么？”

“我也没有看。不过，肯定是商量那件事的。等你哥哥回来，你问问他吧。肯定是这样。”

“既然写信了，估计是那个事。”

“是啊。确实发出去了。刚才你哥哥是拿着信出去散步的。”

小六不想再听嫂子的辩解或是安慰了。既然哥哥有闲工夫出去散步，亲自去一趟不是更好吗？小六这么一想，心下不悦，起身走进会客间，从书架上拿出一本红色封面的外文书，哗啦哗啦地翻看起来。

2

没有想到这一层的宗助来到街角，在同一家店里买了邮票和一盒敷岛牌香烟，把信扔进了邮筒。他觉得这就原路回家不大甘心，便点了一支烟，一边喷云吐雾，一边优哉游哉地漫步在秋天的大街上。这时，他忽然想去个远一点儿的地方，给自己头脑里烙下东京就是这样的地方的深刻印象，然后将这个印象当作这个星期日的收获，带回家去美美地睡一觉。他不仅一年到头呼吸着东京的空气过活，每天还乘电车去官厅上下班，一天两次往返于闹市街头，虽说早已习以为常了，但身体和精神并不松弛，每天都是熟视无睹地来来去去，对于自己生活在繁华的城市里全无感觉。平时整天为工作所累，倒也没觉得什么，可到了七天一次的休息日，心情可以放松放松时，便蓦然发觉平时上班的日子过得那么匆忙而局促。当他得出“自己虽然住在东京，却对东京一无所知”的结论时，不禁有种难以言说的寂寞。

每当此时，他就会突然来了兴致似的到街上去转悠。他甚至想过，要是兜里有点儿闲钱，就豁出去好好快活一番。遗憾的是，他的寂寞并没达到驱使他放纵自己的程度，因而当他朝着那个目标发起冲锋之前，已觉察到此举的愚蠢而自行放弃了。再说，一个普通人的钱夹，大抵维持在不至做出轻薄之举的厚度之内，所以与其费心思琢磨怎样快活，还不如揣着手，径直回家更省心呢。总之，宗助的寂寞，也不过是靠着出去散散步或是逛逛劝业场凑合着慰藉一下自己，来坚持到下个星期日罢了。

今天也是，宗助没想好去哪儿就上了电车。虽然这个周日是个好天气，乘客却比平日少，使他心情格外舒畅。再加上车上的乘客个个和颜悦色，看上去都显得悠然自在。宗助坐在座位上，想起自己每天早上赶去丸之内方向上班时，都要争先恐后抢座位的宿命。没有比上班高峰时的乘客更丑陋的了。无论是抓着吊环站着，还是坐在天鹅绒座椅上，宗助从未产生过作为人的温柔之情。他自己也觉得大可不必这样想。其实就像和机器或什么东西紧挨着坐车一样，到了自己要去的地方，就下车走人了。坐在对面的老太太，在七八岁的孙女耳边悄悄说着什么。旁边一位三十来岁的商户老板娘模样的女人一直瞧着这祖孙俩，觉得孩子很可爱，问着女孩儿的年龄和名字。宗助望着这情景，恍如进入了另一个世界。

头上挂满了镶嵌在框子里的广告。宗助平时哪里有心情看这些。他无所用心地读了第一块广告。这是一家搬运公司的宣传，写的是“搬运货物，简单易行”。第二块广告上写着三行字，“讲求经济实惠者，关注环境卫生者，注意防火安全者”，三行字后面写了“请使用瓦斯炉”，还附了一幅燃着火苗的瓦斯炉的画面。第三块广告是在红纸上，用白色笔写着“俄国文豪托尔斯泰的杰作《千古之雪》”和“日式喜剧，小辰大一座剧团”两句话。

宗助花了大约十分钟时间，把所有的广告仔细读了三遍。没有什么想去的地方，也没有想买的东西，不过有时间仔细看这些广告，把它们逐一看完，并且对其中的内容都能够看明白的闲适心境，也让宗助颇为满足。就连这点儿闲情都值得自豪，可见除了星期日之外，他的日常生活是多么疲于奔命了。

宗助在骏河台下站下了电车，一下车就被右边玻璃窗里排列整齐的西洋书籍吸引了。宗助站在那个橱窗前，望着那些印在红色、蓝色、条纹或花纹书皮上的醒目烫金字。书名的意思他当然看得懂，却不想拿在手里翻看一下。对宗助来说，每当经过书店时都想进去瞧瞧，只要进去就会买书的那个时期已经是很久以前的生活了。只有一本叫作《赌博史》①的书，装帧尤其漂亮，被摆放在最中央，于是这本书给他的头脑里添加了几分新奇感觉，仅此而已。

宗助微笑着穿过人来人往的马路，又朝一家钟表店的橱窗张望起来。虽然里面展示着好几只金表和金链，但是他的眼睛

---

① 原文书名*The History of Gambling*，作者David G.Schwartz。

里只看到了金表漂亮的颜色和样式，不至于产生购买的欲望。然而他仍旧逐一看着丝线吊着的价格标签，同实物做着比较。对于金表的价格之便宜颇为惊讶。

在阳伞店前他也驻足了一会儿。在西洋杂货店里，他注意到了挂在礼帽旁边的领带。这领带的花色比自己平日系的那条好看多了。他想问问价格，刚要跨进店门，忽然想到从明天起换新领带上班未免无聊，又不想掏钱包了，便径直走了过去。

宗助在绸缎庄外面，也站着看了好长时间。什么“鹑绉绸”“高贵斜纹织锦”“凉爽丝绸”等等，见识了好多从未听说过的名称。在京都的“襟新”分店门前，他凑近玻璃橱窗，帽檐几乎碰到了玻璃，瞧了老半天绣工精致的女式假领子。其中恰好有适合妻子的上等品。宗助想给阿米买上一件，可转念一想，要买也应该是五六年前买啊，结果，难得的这点儿心劲儿也被转瞬打消了。宗助苦笑着离开橱窗走起来，一直走了五十多米，还是觉得心情沮丧，就不再四处打量街头和店面了。

这时，他忽然看到街角有一家大杂志店，门前摆着新刊物出版的大字招牌。有的是把广告贴在梯子形状的细长木框里，有的直接用颜料在涂漆的木板上作画。宗助仔细看了一遍，作者名字和作品名，似乎都在报上的广告里见过，又好像第一次看到。

在这个店拐角的阴影里，一个戴黑色高帽子的三十岁上下的男人，随意地盘腿坐在地上，一边吆喝着“快来买喽，哄孩子的好玩意儿啊”，一边使劲儿吹着大气球。气球鼓起来后，就变成了个不倒翁的形状，然后他用墨笔在不倒翁脸上胡乱画上眼睛和嘴巴。宗助觉得很好玩。而且只要吹足了气，气球老是鼓鼓的。不管放在指尖还是手掌上，它都坐得稳稳当当的。用牙签样的小细棍儿朝不倒翁“屁股”里一捅，它就哧的一声瘪了。

好几个行人匆匆走过去，没有一个人停下脚步看上一眼。戴高帽子的男子孤零零地坐在热闹街头的一角，对自己周围发生些什么，仿佛没有感觉似的，照样边吆喝着“哄孩子的好玩意儿啊”，边使劲儿吹着不倒翁。宗助拿出一分五厘买了一个气球，叫那人弄瘪了，塞进袖筒里。他想找一家干净的理发店理个发，可是一时间找不到，看天快黑了，就乘上电车回家去了。

宗助坐到终点站下了车，把车票交给了司机的时候，天色已经快黑了，湿湿的马路上，黑影渐渐加深了。下车时，他一握住铁扶手，便感到特别冰凉。一起下车的乘客都四下散去，急匆匆地走了。他向尽头望去，马路两边的房檐和屋顶上，好像有白蒙蒙的烟雾在大气中漂浮。宗助也快步朝着树木聚集的方向走去。今天这个星期日，还有舒适的晴朗天气都已经过去了。这么一想，他心里不禁涌出几分空虚，或者说是寂寞。一想到明天自己又要按部就班地去工作了，便感觉今天这个半天的生活突然变得宝贵起来，而其余的六天半机械般的工作，显得格外了无生趣。一路上，那间光线差、窗子少的大房间里的情景、同事们的面孔，以及上司叫他“野中，请来一下”的神情，走马灯似的浮现在宗助眼前。

走过“鱼胜”酒馆，再经过五六户人家，从一个既不是空地也不是小巷的地方拐过去，走到尽头是个高土堤，在它左右两边排列着四五座同样外观的出租房屋。直到不久前，在那道稀疏的杉篱笆墙里面，还有一座武士旧宅风貌的古朴宅邸夹杂在普通住家当中。自从土堤上姓坂井的人买下这块地皮后，马上拆除了茅草屋顶，拔掉了杉篱笆，改建成现在这样的廉价房屋。宗助的家在巷子尽头的左侧，紧贴着土堤，所以有些阴暗，但是距离马路最远，比较幽静。他和妻子商量之后，特意选择了这个房子。

七天一次的星期日即将过完了，宗助想早点儿泡个澡，有时间再去理理发，然后再舒舒服服地吃晚饭，便一把拉开格子门，听到了厨房里响着锅碗瓢盆的碰撞声。他登上台阶时，没注意踩到了小六的木屐。宗助弯腰摆好木屐的工夫，小六出来了。阿米在厨房那边问：

“谁呀？你哥哥吗？”

“嗬，你来啦。”宗助说着进了会客间。刚才寄了信后，去神田散步，一直到下车回到家这段时间，宗助的头脑里，连小六的影子都没有闪过一下，所以看到小六时，他就像干了什么坏事似的，有些难为情。

“阿米，阿米。”他把妻子从厨房叫来，吩咐她：“小六来啦，做点儿好吃的吧。”

阿米是匆忙过来，没有拉上格子门，站在会客间门口，听了丈夫这个不说也知道的吩咐，立刻回答：

“好，马上就得。”她刚要转身，又回来对小六说：

“劳驾了，小六弟，帮着把会客间门关上，点上灯吧。这会儿我和阿清都忙着做饭呢。”

“好。”小六站起身来。

厨房里响起了阿清切菜的声音，往水槽里哗哗倒水的声音，还听到女佣阿清问：“太太，这个放在哪儿？”

“嫂子，剪灯芯的剪子在哪儿呢？”小六喊道。这时水开了，溢出的水滴在炉火上发出呲的一声。

宗助在昏暗的会客间里，默默地坐在小火炉旁烤手。只有灰烬上面燃烧的木炭红彤彤的。这时，他听到土堤上房东家的小姐弹起了钢琴。宗助突然站起来，去檐廊上放下会客间的挡雨窗。在孟宗竹摇曳的黯淡夜空中，只有一两颗星星在眨眼，钢琴声从孟宗竹的后面传了过来。

3

宗助和小六拎着毛巾从澡堂子回来的时候，在会客间正中已经摆好了四方桌，阿米做的家常菜巧妙地摆在桌上。小火炉也比去澡堂子之前烧得旺了，油灯也很亮。

宗助将桌前的坐垫拉过来，舒舒服服地坐在上面时，阿米接过了他手里的毛巾和肥皂，问他：

“看来澡水挺好呀？”

宗助只“嗯”了一声，他的表情，与其说是冷淡，不如说刚洗过澡，精神有些松弛。

“澡水挺好。”小六瞧着阿米，附和道。

“不过，挤得受不了。”宗助把胳膊肘支在桌子边上，懒懒地说。

宗助总是下班回家以后，才去洗澡，所以正赶上晚饭前人最多的时候。这两三个月来，他一直没有机会在阳光下看过澡水的颜色。这还算好的，搞不好一连三四天，他都没时间进澡堂子。他常常想，到了星期天，要早早起来，头一件事就是深深泡进干净的热水里，可是到了周日，又觉得只有今天才能好好地睡个懒觉，便赖在床上不起来，时间就毫不客气地过去了。他心想，实在懒得起床，今天就算了，等下个星期天再去吧，这已经成了惯性。

“我真想去泡个早汤啊。”宗助说。

“可到了那天，你肯定要睡懒觉呀。”阿米讥讽他。

小六认为这是哥哥与生俱来的弱点，他自己过着学生生活，所以不理解星期天对哥哥来说是多么宝贵。为了将六天来积攒的暗淡心情在这短短一天里恢复过来，哥哥对这二十四小时的光阴抱有诸多的希求。由于想做的事情太多，十有二三都无法实行。就连剩下的两三件事，到了该实行的时候，反倒吝啬起了为之花费的时间来，最终还是作罢了，到头来，在无所事事中不知不觉度过了星期天。对自己的心情、保健、娱乐和爱好，都如此吝惜时间的宗助，没有为小六尽力，并非他不想尽力，而是无暇考虑这个事。而小六对这样的哥哥，实在是理解不了。他觉得哥哥就是个自私的人，一有空，只知道悠闲地陪着老婆，什么事也不帮衬自己。哥哥从本质上来说就是个薄情的人。

不过，小六这样看哥哥，也是最近的事。其实，是自从和佐伯家来往以后的事。小六年纪轻，性情急躁，以为把事情拜托了哥哥，在一两天内就能解决。可是等来等去，不但没有眉目，哥哥甚至都没有去见对方，所以他对哥哥不满起来。

但是，今天等到哥哥回来，两人一见面，到底是亲兄弟，也不用说什么客气话，便感受到彼此间的脉脉亲情。于是小六把想说的话也先咽下去，兄弟俩一起去泡了澡，比刚才显得融洽了许多。

兄弟俩轻松地落了座，阿米也无所顾忌地坐在饭桌前。宗助和小六都喝了两三杯酒。吃饭以前，宗助笑着说：

“给你看个好玩的东西。”

他说着从袖口里掏出买来的不倒翁气球，把它吹鼓了，放在碗盖儿上，然后告诉二人这玩意儿怎么好玩。阿米和小六都十分惊奇地瞧着这个圆鼓鼓的气球。最后，小六“噗”地吹了口气，不倒翁就从饭桌子上飘落到了榻榻米上，仍然没有翻倒。

“好玩儿吧？”宗助问。

阿米到底是女人，咯咯咯地笑起来。她打开饭桶盖子，一边给丈夫盛饭，一边冲着小六，半是在为丈夫辩护似的说：

“你哥哥还真会找乐子。”

宗助从妻子手里接过饭碗，一句话也没说就吃起来。小六也拿起了筷子。

大家虽然没有再提及那个不倒翁气球，但是这玩具开了个好头，三个人一直其乐融融地边吃边聊，吃完了这顿饭。

最后，小六忽然严肃地说出：“要说，伊藤公[1]的事，也

---

① 伊藤博文公爵（1841—1909）日本近代政治家、明治九元老之一。日本首任内阁总理大臣、枢密院议长、贵族院院长、首任韩国总监。1909年（明治四十二年）10月，伊藤博文在哈尔滨受朝鲜爱国义士安重根刺杀而身亡。

实在太意外了。”

五六天以前，宗助看到伊藤公被暗杀的号外时，跑到厨房来，对正在干活的阿米说：“喂，不得了啦，伊藤公被人刺杀了！”然后把号外放在阿米的围裙上，回到了书房。他说话的语气，倒也挺平静的。

“你嘴里说不得了，可是声音一点儿也不紧张啊。”阿米后来还半开玩笑地故意提起过这事。此后，报纸上，每天都会有五六篇关于伊藤公的报道。宗助对这个暗杀事件似乎不当回事，也不知他是否看过这些报道。晚上宗助回来，阿米伺候他吃饭的时候，偶尔问他：“今天又有伊藤公什么消息吗？”他只回答：“嗯，登了好多呢。”饭后，阿米要是不从丈夫衣服内袋里掏出他读过的晨报看看，就不知道当天的报道内容。阿米关心时事，无非是为了充当丈夫回家后聊天的话题，对于宗助不想多说的内容，她并不想主动往那方面引。因此，从那天的号外，直到今晚小六又提起这件事为止，即使对那样惊天动地的新闻，夫妻俩也没有产生过多大的兴趣。

“他到底是为什么被刺杀的呢？”阿米把看到号外后，向宗助提过的问题，又问了小六一遍。

“被人用手枪砰砰连打好几枪，就丧了命。”小六如实回答。

“我是问你，他到底为什么被刺杀呢？”

小六好像不太明白嫂子的意思。宗助一边平静地说着“这就是命运啊”，一边香甜地喝着茶。阿米觉得丈夫说的这句话并没解答自己的疑问，又问：

“那他为什么又到‘满洲’去了呢？”

“可也是啊。”看样子宗助是酒足饭饱了。

“听说，他要去俄国办一桩秘密的事。”小六很认真地说。

“是吗？那可太不走运啦，结果被杀死了。”阿米说。

“像我这样的小职员，被人刺杀的确是不走运，不过像伊藤公那样的人，去哈尔滨被杀死，倒是件好事呢。”宗助这才兴致勃勃地说起来。

“真的，为什么？”

“为什么？伊藤公因为被刺杀，而成为载入史册的伟人。要是正常死的话，可就不会这样了呀。”

“有道理，有可能是这么回事。”小六露出钦佩的神色，然后又说：“不管是‘满洲’，还是哈尔滨，反正都是是非之地，我总觉得那种地方特别危险。”

“因为那地方什么人都去啊。”宗助回答。

这时阿米表情奇怪地看着丈夫。宗助也发觉了，便催促妻子：“好啦，桌子可以收拾了。”

他把刚才的气球从铺席上拿起来，放在食指上，说：“真有意思，居然能想出这么好玩儿的东西。”

阿清从厨房过来，把桌子上的碗筷，连桌子一起都收拾了之后，阿米也起身到隔壁去沏茶。这样，只剩下兄弟两个对面坐着。

“啊，收拾得真干净啊。刚吃完饭时，总是弄得脏兮兮的。”宗助一副对饭桌毫不留恋的样子。阿清在厨房里听见，笑个不停。

“什么事这么高兴呀？阿清。”阿米隔着拉门问。阿清“哎”了一声，又笑起来。兄弟俩都没有说话，听着女佣的笑声。

过一会儿，阿米双手拿着点心碟和茶盘进来了。她用有藤条提手的大茶壶，朝大茶碗里倒满了不伤脾胃和脑子的粗茶，放在两人面前。

“有什么好笑的？她怎么笑个没完？”宗助问。他并没有看阿米，反倒瞧着点心碟子。

“还不是因为你买的那个玩具呀，还搁在手指上玩儿。又没有孩子，还买那玩意儿。”

宗助不以为然地轻轻回了声“是吗”，慢悠悠地品味自己说出的话似的补上一句：“不过，我本来也有过孩子嘛。”然后抬起温和的眼睛，望着妻子。阿米立刻沉默了。

“你不吃点心吗？”过一会儿，阿米对小六说。

“嗯，我吃。”对小六的应答，阿米也没有理会，突然站起来到餐室去了，又剩下兄弟二人面面相觑了。

这里位于山手地区最边上，从电车终点站到家，要走约二十分钟，所以天刚擦黑，四外已经很静了。偶尔有人穿着短齿木屐从大门外走过，传来清脆的响声，给夜晚增添了寒意。宗助袖着手问：

“白天还算暖和，到了夜里就突然冷起来了。学校宿舍里已经烧暖气了吗？”

“还没有呢，不到特别冷的时候，学校是不会烧暖气的。”

“是吗？那可够冷的。”

“嗯。其实冷点儿我倒是不在乎……”说到这里小六停顿了一下，最后还是忍不住说了出来，“哥哥，佐伯家那边到底怎么样了？刚才听嫂嫂说，你今天给他写信了。”

“嗯，是啊，两三天内会有回话的。然后，我打算再跑一趟好了。”

小六心怀不满地瞧着哥哥淡定的表情。可是，宗助的表情里既没有激怒弟弟的尖锐，也没有为自己辩护的卑怯，使得小六没有勇气责怪哥哥。

“那么，直到现在，还是没有进展了？”小六只想确认一下。

“嗯。真是不好意思，还是老样子。今天好歹写了封信。真是没办法，近来我有些神经衰弱呢。”宗助认真地说。

小六苦笑道：“要是不行的话，我打算干脆退学，现在就到‘满洲’或朝鲜去。”

“去‘满洲’或朝鲜？你还真敢想啊。刚才你不是还说‘满洲’那儿特别乱，很讨厌吗？”

他们的对话就是在这个层面上说来说去的，总也谈不出个结果。

最后，宗助说：“好了，你不用那么担心，会有办法的。等那边一回话，我就马上通知你，看看情况再商量吧。”结束了这番谈话。

小六临走时，向餐室瞅了一眼，看到阿米靠着长火盆闲坐，就打了声招呼：

“嫂嫂，再见。”

“慢走啊。”阿米说着站起身来。

4

不出所料，令小六苦恼的佐伯，两三天后回了信。信写得极其简单，写在一张明信片上都绰绰有余的几句话被郑重其事地写在信纸上，装进信封里，贴了三钱邮票，而且是婶婶写的。

宗助下班回来，把紧巴巴的窄袖工作服换下来，在火盆前一坐下，就看见了这封插进抽屉里，特意露出一截的信封。他喝了一口阿米沏的粗茶，立刻剪开了封口。

“怎么，说是阿安到神户去了。”他看着信说。

“什么时候？”阿米把茶杯放在丈夫面前，弯着腰问道。

“没有写什么时候，只写了他过不多久就会回京，应该很快就会回来的。”

“什么过不多久，一听就是婶婶的腔调。”

对于阿米的说法，宗助没有表示同意或不同意。他把读完的信卷好塞进信封，随手一扔。已有四五天没有刮胡子了，他厌烦地摩挲着胡子拉碴的腮帮子。

阿米马上把信捡起来，并不是想再读它，只是放在膝盖上，望着丈夫问道：

“信里说过不多久就会回京，到底是什么意思呢？”

“就是说等安之助回来后，和他商量一下，再给咱们回复的意思。”

“过不多久，也太含糊了，哪天回来都没写呀。”

“算了吧。”

为了确认一下，阿米把膝上的信打开看了看，然后照原样叠好，把手伸向丈夫：“把信封递给我。”宗助把夹在自己和火盆之间的绿色信封拿起来递给妻子。阿米噗地吹鼓了信封，把信装进去，便到厨房去做事了。

宗助并没有把这封信放在心上。他想起今天在办公室里听同事说，他在新桥附近遇见了近日来日本游览的英国基奇纳元帅[①]。他不禁想，人若是有了名气，不论走到哪儿，都会惹人注目。也许他们天生就是这样的命。回顾自己从过去到现在的命运，再放眼那延长线上的、展现在自己眼前的未来，与基奇纳这个人的命运比较一下，真是天差地别，简直无法相信同属于人类。

想到这里，宗助一个劲儿地抽烟。傍晚刮起了风，就像是

① 霍雷·肖·基奇纳伯爵（1850—1916）20世纪初的英国军事家、政治家。1909年曾去日本观看军事大演习。第一次世界大战中战死。

从远处呼呼吹来一般。风声偶尔停歇片刻，显得分外寂静，比风声大作的时候更让人寂寞。宗助抱着胳膊，心想又快到失火钟声被敲响的时节了。

他到厨房去，看到妻子正在熊熊炉火上烤着鱼片。阿清弯着腰在水槽前洗腌咸菜。两个人都不说话，各忙各的。宗助开着格子门，听了一会儿烤鱼滴油的刺啦刺啦声，又默默地关上拉门，回到原来的坐垫上。妻子的眼睛一直盯着烤鱼。

吃过饭后，夫妻二人围着火盆对坐时，阿米又说道：

“佐伯家的事，真不好办哪。”

“嗯，没有办法。阿安从神户回来之前，只能等着了。”

“在那之前，你先去跟婶婶见个面，说明情况不好吗？”

“是啊。不过，我想他们很快会给个说法的，暂且等等吧。”

“小六会生气的。”阿米特意提醒他，微笑了一下。宗助低下眼睛，把手里的牙签插在领口处。

隔了一天后，宗助才把佐伯家的回信通知了小六。在信的最后，照例追加了一句“很快就会解决的”。他觉得暂时在这件事上可以轻松些了。在事情的发展没有再度迫近眼前时，还是忘掉它，可少烦心一些。他抱着这样的心态，每天到职场上班，然后下班回家。

宗助回来得很晚，回家之后，很少再外出应酬，也不大见客。没什么事的话，就让阿清十点钟以前去睡觉。夫妻俩每天吃过晚饭，照例面对面坐在火盆两边，聊上一个多小时。话题一般围绕着他们的生活状况。不过，欠米店的钱，这个月底能不能还上之类窘困家事，还不曾进入过他们的话题。虽如此，小说或文学批评方面姑且不说，就连男女之间热情洋溢的动人情话也从不涉及的。他们还不算老，却仿佛已成了过来人似的，日子一天天变得清淡起来。外人看来，他们从一开始就是平淡无奇的平凡人，是按照因循结为夫妇关系的。

从表面上看，他们夫妻对什么都满不在乎，从他们对小六的事表现出的态度，可大致想象出来。不过，阿米毕竟是个女人，提醒过宗助一两次：

“阿安还没回来吗？这个星期天，你真得到番町去一趟了。”

“嗯，去一趟也可以。”宗助只是这样回应，等到了星期天，他又若无其事，就像忘了似的。阿米也不责怪他，要是天气好，就对丈夫说：

“你出去散散步吧。”

要是下雨或刮风，她就说：

“幸好今天是礼拜天啊。”

幸而小六后来一次也没有来过。这年轻人爱钻牛角尖，想要做什么，就非要干到底，这一点很像学生时代的宗助。不过，说不准哪天改主意了，他就把昨天的事忘个精光，好像什么事也没有发生过似的。不愧是兄弟俩，这个毛病也跟宗助年轻的时候如出一辙。还有，不知他是头脑明晰，将感情注入了理性，还是给感情添加了逻辑的框架，凡事都认死理，一旦认定了一个理儿，就喜欢将其发挥到极致。加上他身体好，精力充沛，凭着年轻气盛，任性而为。

每次见到弟弟，宗助都感觉从前的自己复苏了，活生生地就在自己眼前。有时他为此而心神不宁，也有时感到痛苦。每当此时，宗助心里就想，这莫非是为了时时唤醒对自己过去任性而为的苦痛记忆，老天让小六出现在自己面前的吧。这令他很害怕。不过，一想到这家伙或许就是为了和自己陷入同样命运而生下来的，又倍感忧虑起来。有时候，不只是忧虑，而是心情不爽。

但是，到今天为止，宗助从未对小六说教过，也没有对他的前途给予过什么建议。他对待弟弟的态度是很平庸的。正如他现在的生活平平淡淡，完全看不出他是个有故事的人一样，他对弟弟的态度，也不轻易摆出可称得上有阅历的长者的做派。

宗助和小六之间，还隔着两个男孩子，可他们都夭折了，所以虽说是兄弟，年龄却相差了十来岁。而且宗助因某个缘故大学一年级时，转学去了京都，因此兄弟俩朝夕相处的生活，只持续到小六十二三岁为止。宗助还记得，小六从小就是个又固执又不听话的淘气包。那时父亲还活着，家里条件也不错，雇的车夫住在宅子的平房里，生活很快乐。这车夫有个比小六小三岁的孩子——阿兼，从早到晚陪着小六玩耍。有一年夏天，烈日当头的晌午，他俩把点心纸袋子套在长竹竿上，在大柿子树下捕蝉。宗助看见了，就喊：“阿兼，不戴帽子，大太阳下晒这么长时间，会中暑的，赶快把这个戴上。”将小六的旧草帽递给了他。小六见哥哥随便拿自己的东西给别人用，特别生气，猛地从阿兼手里夺回帽子，扔到地上，一脚把草帽踩瘪了。在宗助光着脚从檐廊上跳下来，打了小六的脑袋一巴掌。从那时候开始，宗助眼里，小六就是个坏小子。

大学二年级时，宗助因故退学了，又不能回东京的家。他从京都直接去了广岛，在那里住了半年光景，其间父亲死了。母亲早在六年前就已经不在了，结果只剩下了父亲二十五六岁的小老婆和十六岁的小六。

接到佐伯发来的电报，宗助便回到阔别多年的东京，办完父亲的丧事后，打算把家里的财物清理一下。在清理过程中，他意外地发现财产比自己预料的要少，而不该有的欠债却很多，不禁大吃一惊。他去跟叔叔佐伯商量，叔叔说："没别的办法，最好把宅子卖了吧。"并商定给父亲的小老婆一大笔钱，马上将她休掉。小六则暂时寄养在叔叔家。但是，最值钱的宅地可不是说卖就能卖掉的，宗助只得请叔叔先垫付一笔钱，把眼下应对过去。叔叔是个好做投机生意的人，曾经投资过各种行当，却屡屡失败。宗助还在东京的时候，他就经常花言巧语地说服宗助的父亲，拿出钱给他投资。宗助的父亲大概也有贪欲，以这个方式给叔叔经商投进去的金额绝对不是个小数。

即便是父亲去世后，叔叔的境况似乎也没有多少改变。不过，由于欠着父亲生前的人情，加上这种人在关键时候，往往比较灵活，所以，叔叔欣然答应宗助帮着清理家产的事。作为交换条件，宗助也把有关典卖房产的一应事宜全权委托给了叔叔。简而言之，为了获得急需的钱款，宗助将土地房屋拱手相让了。

叔叔表示："这房产要找个合适的买主卖掉，不然可就吃亏了。"

家具等等占地方又不值钱的，宗助通通卖掉了，只有五六幅挂轴和十二三件古董，叔叔的意见是："若不能慢慢地寻找真正识货的买主，损失太大。"宗助就把这些藏品委托叔叔保管。除去各种花费后，宗助手里只剩下了两千元左右的现钱。他知道，从这里面还必须拿出一些给小六做学费。假设自己每月给小六寄钱，以自己当时还不安稳的收入，恐怕很能实行，苦思之下，他咬咬牙，给了叔叔一千元，把小六托给了叔叔。宗助觉得，自己虽然中途退了学，无论如何也得把弟弟培养成才。最后，宗助给小六留下了"这一千元钱用完之后，哥哥还会为我想办法"的不确定的希望，又回到广岛去了。

过了半年以后，叔叔亲笔写信来说"房子终于卖掉了，你就放心吧"，可是关于卖了多少钱，一个字也没有提及。宗助写信去问，隔了两个星期才回信，说是卖房子的钱足够偿还那笔债，不必担心。宗助对这个回复虽然很不满意，但考虑到信中写了"详情容见面再叙"云云，便想立刻动身到东京去。不过，当他跟妻子半是调侃地把情况一说，阿米不无遗憾地说：

"可问题是，你又去不了，没办法呀。"照例微微一笑。

这时，宗助才好像经过妻子提醒，刚刚意识到似的，架起两臂思考起来。无奈眼下正处于没有任何办法能够请出假来的境遇，最后也只好听之任之了。

万般无奈之下，宗助又给叔叔写了三四封信，叔叔每次的回复都是同样的："等见面时再详谈吧。"

“这就无法可想了。”宗助气愤地对阿米说。又过了三个月，宗助终于找到了机会，正准备带着阿米去一趟久违的东京时，赶巧高烧不退病倒了，后来又被确诊为伤寒，在床上躺了六十多天。下床之后，身体很虚弱，之后的一个来月都不能照常工作。

宗助身体刚刚恢复后不久，又得从广岛移居到福冈去了。他觉得不妨利用调动之前的机会，到东京去一趟。结果又因为种种情况的制约，还是没有成行。只得坐上下行的列车，顺从命运的摆布了。那时候，抵押东京的房产时得到的那笔钱，已经花得差不多了。宗助夫妻在福冈生活的两年期间，过了一段艰苦的日子。常常想起自己在京都求学的时候，随便编个借口，就能从父亲那里索要大笔费用，随意花销，和现在的境况一比，他无端地害怕起了因果报应。有时，他悄然回顾逝去的青春，才知道那是自己荣华的顶点，恍如大梦初醒时眺望遥远的云霞一般怅惘。每当他感到痛苦难耐时，就开口对阿米说：

“阿米，这件事搁了好久了，要不还是去跟东京那边谈谈吧。”

阿米当然不会加以反对，只是低着头，担心地回答：

“不行啊，叔叔根本不守信用的。”

“对方说不定认为我们不守信用呢，我们也以为对方不守信用。”宗助自信满满地说。

可是看到阿米垂着眼睛的样子，立刻泄气了。这样的对话，起初一个月有一两回，后来两个月一回，最后变成三个月一回，宗助说：

“算了吧。只要他能照看小六，其余的事，等以后去东京再当面谈吧。阿米，你看这样办好不好？”

“那当然好。”阿米回答。

宗助从此就把佐伯的事搁在一边了。他是这样考虑的，即便想到自己的过去，也不好向叔叔开口要钱。就是说，这样的交涉，他还从来没有在信里写过。小六有时写信来，大多是很短的几句。宗助只记得父亲去世后，在东京见到小六时的模样，所以他以为小六还是个天真的小孩子，自然没想过让小六代表自己同叔叔进行交涉了。

这对夫妇，就像世上那些看不到阳光的生物，受不了严寒，抱在一起取暖一样，是一直互相依偎着生活过来的。生活艰苦的时候，阿米总是对宗助说：

“可也没别的办法呀。”

宗助也对阿米说：

“再忍一忍吧。”

在他们之间，绝望、忍耐总是如影随形，未来和希望却几乎没有踪影。他们不怎么谈论过去，有时甚至不约而同地回避那些话题。阿米有时这样安慰丈夫：

“用不了多久，会时来运转的，怎么可能老是这么倒霉呢。”

宗助听了，不得不感到这话就像是命运的毒舌借真心对自己好的妻子之口，捉弄自己一样。每当这种时候，宗助都不置可否地报以苦笑。要是阿米不以为然地继续往下说时，宗助便狠下心甩出一句：

“咱们就是没有权利期待好运的人，你知道吗？”

阿米终于意识到丈夫的不快，不再说话了。然后两个人默默无言地对坐着，不知不觉地落入他们自己挖掘的“过去”，这个黑暗的地窖之中了。

他们是自作自受，将自己的未来毁掉的。所以他们很清楚，人生的旅途上不会再出现斑斓的色彩，只想相互搀扶着往前走。对叔叔处理地皮房产之事，原本就不抱多大的期望，只是偶尔想起来，宗助会说：

“不过，以现在的行情，即便是贱卖，也会比当时叔叔给的价钱多一倍。咱们真是冤大头啊。”

阿米凄凉地笑笑：“怎么又提房产了？你老是忘不了那个事儿啊。不是你拜托叔叔，处理一切的吗？”

“那不是没办法吗。当时那种情况，不那么办也不成呀。”宗助说。

“所以呀，叔叔他们说不定认为，是自己拿钱买下了这个房产呢。”

听阿米这么一说，宗助也觉得叔叔的处置有些道理，但嘴上仍不认输：

“他这么认为，可不太好吧。”这个问题随着谈论的次数渐行渐远了。

这对夫妻就这样寂寞而和睦地生活着，到了第二年的年底，宗助邂逅了大学时代的同窗好友杉原。杉原毕业后，考上了高级文官，此时已经在某个政府部门里奉职。他因公务专程从东京到福冈和佐贺来出差。宗助虽然从当地报纸上知道杉原何时到达，下榻何处，可是他羞于以一个失败者之身，在成功者面前低头哈腰，又是学生时代的旧友，自己有充分理由回避。所以，从一开始他就不打算到旅馆去见杉原。

不料，杉原却打听到了宗助蛰伏在这里，非要见他一面。宗助也只好硬着头皮见了面。宗助能够从福冈调到东京去，全仗这位杉原的鼎力相助。当杉原来信说，事情办得差不多了时，正吃饭的宗助放下筷子，对妻子说：

“阿米，咱们终于可以去东京啦。”

“那可太好了。”阿米看着丈夫的脸。

到达东京之后，两三个星期一转眼就过去了。对于一个新安家的，重打鼓另开张的人来说，在忙得四脚朝天的时候，在包裹他们的大都市空气不分昼夜剧烈震荡的刺激下，根本没有考虑问题的闲暇，也不知该从哪里一步步着手才好。

他们乘夜行火车抵达新桥的时候，见到了多年不见的叔叔和婶婶。也许是电灯光线的关系，宗助觉得叔叔他们的脸色并不太好。路上因事故罕见地晚点了三十分钟，这也像成了宗助的过失似的，二位的表情显得颇不耐烦。

宗助记得当时婶婶说的第一句话就是：“哎呀，阿宗，多日没见，你可真是显老啦。”

他把阿米初次介绍给了叔叔和婶婶。

“这就是那位……”婶婶欲言又止地望着宗助。阿米不知该怎样寒暄，只是默默地低着头。

小六当然也跟着叔叔、婶婶一起前来接他们两个了。宗助一看到小六，才发现弟弟长得比自己还高了，很惊讶他发育得这么快。小六初中刚毕业，正准备上高中。他见了宗助，连“哥哥”或是“你回来啦”都没说，只是笨拙地行了个礼。

宗助和阿米在旅馆里暂住了一个星期左右，然后就搬到了现在这个地方。这段时间，叔叔和婶婶对他们多方关照。对他们说“零碎的厨房用具就用不着买了，不嫌弃旧的话，就用我们的”，送来了足够这个小家庭用的全套锅碗瓢盆。

“怎么说也是新安家，杂七杂八的花销少不了。”叔叔说着，又给了宗助六十元钱。

安家后，诸事繁忙，转眼就过去了半月有余。在外地时二人经常念叨的房产之事，宗助始终没好意思对叔叔开口。

“你还没有向叔叔提过那件事吗？”有一天，阿米问道。

“嗯，还没有。”宗助好像刚刚想起似的回答。

“奇怪啊，你不是特别惦记吗，怎么回事？”阿米嘲笑地说。

“可是，我忙得哪有时间呀。”宗助辩解道。

又过了十天左右，这回宗助先提起这事来：

“阿米，那件事我还没有说呢。我实在不想再提这事了，怪麻烦的。”

“要是不想提，就不要勉强自己啦。”阿米回答。

“可以吗？”宗助反问她。

“还问什么，本来不就是你的事吗？我一直就无所谓的。”阿米答道。

宗助说：

“要是郑重其事地询问此事，显得挺别扭，还是等以后有合适机会再问吧。以后肯定会有机会的。”就这样把事情搁下了。

小六一直无忧无虑地住在叔叔家。若是考上了高中，他就得住校，连这件事，他好像都已经和叔叔谈妥了。也许是他觉得刚来东京的哥哥不会负担他的学费，所以有关自己的事，不像跟叔叔那样什么都愿意说。由于住在叔叔家，他和堂兄弟安之助关系很亲密，他俩倒像是亲兄弟似的。

宗助很自然地就渐渐不大去叔叔家了。偶尔去一次，也往往是出于礼貌，形式上拜访一下了事，回家的路上总感觉很没意思。后来，他甚至一说完问候的话，就想马上告辞出来。这种时候，哪怕坐上三十分钟，叙叙家常，对他来说都是受罪。而对方也好像有些生分，显得拘谨不安。

“再多坐一会儿不行吗？”婶婶照例挽留他，可越是这样，他就越是坐不住了。然而，不偶尔去看望一下，心里又觉得愧疚不安，于是又去了叔叔家。每次回去，宗助总是主动低头致谢：“小六给你们添麻烦啦。”可是，关于弟弟将来的学费的事，以及自己托叔叔卖地皮房产的事情，他都张不开口。不过，尽管宗助每次都懒得去不感兴趣的叔叔家，也还是偶尔要去一趟，不单是出于为了维持世俗的叔侄间血缘关系的义务，还因为有机会的话，他试图了结一件憋在心里多年的事，这是不言而喻的。

“阿宗完全变了个人哪。”婶婶有时对叔叔这么说。

“说的是啊，碰上那种事，恐怕对他有些影响。”叔叔回答，言外之意是因果报应很可怕。

婶婶强调说："的确很可怕呀。阿宗原来可不是这么无精打采的，是个活泼得让人嫌烦的孩子啊。可是两三年不见，老得简直认不出来了。现在看着，比你这个老头子还像老头子呢。"

"怎么会呢？"叔叔说。

"我不是说他的模样，是他的神情显老。"婶婶还在分辩。

老夫妇之间这样的交谈，从宗助到东京来以后不止一两次了。宗助每次去看望叔叔时，也的确像是他们眼里看到的那个样子。

说到阿米，自从在新桥车站，跟两位老夫妇见面以来，她就没有进过叔叔的家门。在对方看来，这侄媳妇嘴里"叔叔、婶婶"叫得很亲热，可是，临分别时，叔叔和婶婶邀请她："有空来家里坐坐吧。"她只是低头应承"谢谢"，却不曾去拜访过一次。就连宗助也忍不住劝她："到叔叔家去一趟吧，怎么样？"

"可是……"她的脸色很难看，宗助也就不再提这事了。

这两家人在这样的状态下过了一年后，没想到精神头比宗助更年轻的叔叔突然死了。他得的是脊髓脑膜炎的重病。因为患了感冒，在床上躺了两三天，上厕所回来时，正要洗手，拿着舀子就昏倒了。还不到一天的工夫，人就归天了。

"阿米，那件事，到底也没来得及跟叔叔说。"宗助说。

"你难道还打算问那件事吗？我看你也真是够执着的。"阿米说。

又过了一年后，叔叔的儿子安之助大学毕业，小六也上高中二年级了。婶婶和安之助一起搬到了中六番町。

到了第三年，小六趁着暑假，去房州玩海水浴，在那里住了一个多月。到了九月，他从保田横穿过去，从上总海岸沿着九十九里滨，最后到达铫子后，他突然想起什么似的回了东京。回东京才两三天，他就跑到宗助家里来了。那是一个处暑的下午，小六晒得黝黑的脸上，唯有那双眼睛炯然发亮，简直像个南亚人，他一走进离阳光比较远的会客间，就躺倒在榻榻米上，等哥哥回来。一看见宗助，他就一骨碌爬起来，直言不讳地说：

“哥哥，我来找你有点儿事。”

见他这么严肃，宗助不免有些惊讶，连西装也来不及换下，就忍着暑热，听小六说起来。

据小六说，两三天前，他从上总回来的当天晚上，婶婶对他说：“不好意思，学费只能替你交到年底，以后就不再负担了。”小六自从父亲死后，就被叔叔领养了，到现在为止，叔叔一直供他读书和吃穿，还给他些零用钱。因此，就像父亲在世时那样，小六生活得无忧无虑，因此惯性，直到那天晚上为止，学费的问题他从未考虑过。所以，当他听到婶婶的宣布时，有些茫然失措，连句像样的话都说不出来。

到底是女人，婶婶充满同情地花了一个多小时，对小六详细解释了不能再继续照料他的理由：叔叔去世了，紧接着发生的经济变化，以及安之助将要毕业，毕业以后面临的成家问题等等。

“可能的话，我怎么也要供你到高中毕业，所以一直苦撑到今天。”

小六重复了一遍婶婶这句话。当时，小六忽然想起前年，哥哥为父亲丧事来东京，安排好一切后，临回广岛前，曾经对他说过“你的学费都预付给叔叔了”这件事，一问婶婶，婶婶很惊讶地回答：

“不错，当时阿宗是留了一些钱走的，可那些钱早用完了呀。你叔叔在世的时候，你的学费就是拆借来的。”

由于哥哥没有交代过留给叔叔的学费有多少，够几年的，所以婶婶这么一说，小六也无话可说。

“你又不是孤儿，还有哥哥嘛，应该跟他好好商量商量呀。当然，我见到阿宗，也会对他说清楚的。要说阿宗最近也很少来，我也好久都没有见着他了。所以你的事一直没机会和他说呢。”婶婶最后说了这些。

小六一五一十地学说完了，宗助只是瞧着弟弟的脸，说了声“真麻烦”。他既不会像以前那样火冒三丈，当即去找婶婶理论，也没有对这位弟弟表露什么不满情绪——过去弟弟总是很疏远自己，似乎可以不靠自己照顾，现在却一百八十度大转弯跑来找自己。

小六有些惊慌失措，他想当然的美好未来，一瞬间毁了一半，这都要怪罪他人似的。宗助目送着小六的背影，站在昏暗的家门口，眺望了好久格子门外面的夕阳。

当晚，宗助从后院剪了两个大芭蕉叶，铺在会客间的檐廊上，他和阿米坐在芭蕉叶上一边乘凉，一边谈起小六的事。

“婶婶的意思不会是让咱们照料小六吧？”阿米问。

“这个，不见面谈，怎么知道她什么打算啊。”宗助说。

“肯定是这个意思。”阿米在昏暗中，啪哒啪哒摇着团扇。宗助没有说话，他伸长脖子，眺望屋檐和山崖之间的一条天空。两个人默默地坐了半晌，阿米又开口道：“可是，咱们哪行啊。”

“要供他到大学毕业，靠我的薪水可不成。”宗助对自己的能力很清楚。

然后就转到别的话题了，没有再提小六和婶婶的事。过了两三天，就是星期六，宗助下班回家，顺便去番町见婶婶。

“哎哟哎哟，可真是稀客啊。”婶婶比以往都热情地接待了宗助。这时，宗助忍着厌烦的情绪，终于把憋了四五年的那件事，给婶婶端了出来。婶婶自然是极力辩解。

婶婶说，宗助的房产卖出后，叔叔得到多少钱，她记不清了，好像是替宗助还了那笔救急的欠款后，还剩下四千五百元或是四千三百元。叔叔的意思是，那房子是宗助交给自己典卖的，因此不管剩多少，都可以看作是自己的所得。但是，他不愿意被人说成是卖宗助的房子，从中渔利，就以小六的名义代为保管，算是小六的财产。而宗助因为做了那件事，已失去了继承权，所以没有权利得到一文钱。

“阿宗，你不要生气啊，我是如实传达叔叔的话。”婶婶特意说明，宗助沉默着听她继续说：

“不幸的是，以小六名义保管的那笔钱，转眼间就被你叔叔换成了神田繁华大街上的房产。可这座房子还没等上保险，就因失火被烧毁了。因为购买的时候也没有告诉小六，所以这事也就一直瞒着他。

“详细情况就是这样，对阿宗你也是很抱歉的，可是事已至此，无法挽回了。你就当这就是命，想开些吧。要是你叔叔还活着的话，怎么也会有办法的。养活小六一个人，应该不是问题。即便叔叔不在了，只要我的条件允许，我会还给小六和烧毁的房子相当的财物的，再不济，我也会尽我所能，供他到毕业的。可是……”

此外，婶婶又说了些内情，是关于安之助就职的事。

安之助是叔叔的独生子，今年夏天刚刚从大学毕业。他在不愁吃穿的环境里长大，而且除了同学之外，没有其他交往，所以颇有些不谙世事，然而正是这不谙世事使他以从容的气度，走进了社会。他的专业是工科的机械学，即便在企业热冷却下来的今天，全日本有那么多公司，怎么也能找到一两个适合的工作。可是，大概是受老子冒险个性的遗传，他一门心思想自己开拓事业。就在这时，他遇到了一位同学科的学长。这位学长在月岛那边创建了一家自己的小工厂。他和这位独立经营的学长商量之后，自己也投入了一些资本，打算合作经营。婶婶要说的内情就是这件事。

“结果呢，由于仅有的那点儿股票都入了那个工厂，说现在我家穷得叮当响都不为过呢。在外人看来，我们家里人口少，又有房产，不愁吃不愁喝的，可这也怪不得人家啊。前几天，阿原的母亲来家里，还说什么‘哎呀，没有人比你过得更自在啦，每次来都见夫人仔细擦洗万年青的叶子呀’，其实冷暖自知啊。”婶婶诉说道。

宗助听完婶婶的解释，脑袋一阵发蒙，一时答不上话来。他心里明白，这是神经衰弱造成的，使自己失去了能够像以前那样立即做出机敏、明快判断的头脑。婶婶知道宗助不会完全相信自己说的那些，所以连安之助投了多少金额都告诉了他，是五千元左右。还说，安之助眼下必须靠每月的一点儿工资和五千元股份的分红生活。

“即便那分红，还不知道究竟有多少呢。搞好了，可以拿一成到一成五，搞不好，还说不定都打了水漂呢。”婶婶补充道。

宗助觉得婶婶的做法，并没有多么蛮不讲理，心中很犯难。可是对于小六的将来，自己不发一言就返回，也未免太说不过去了。于是，他先不追究过去的事，转而问起当初自己以小六学费的名义，预付给叔叔的那一千元是如何使用的。

“阿宗，这笔钱可真是都给小六用啦。小六上了高中后，这个那个的，已经花了七百元喽。”婶婶回答。

接下来，宗助又捎带着问起叔叔代为保管的书画古董。

“那些东西就别提了，碰上骗子啦。”不料，婶婶说到这儿，瞧着宗助说：

“阿宗，怎么，这件事没跟你说过吗？”

“没有啊。”

“哎哟哟，你叔叔忘了把这事告诉你啦。”然后，婶婶一五一十地把事情的经过告诉了他。

宗助回广岛后不久，叔叔就把这些藏品托付给一位姓真田的朋友代卖。听说这个人精通书画古董之道，平素经常周旋于买家、卖家之间，见多识广。他痛快地接受了叔叔的委托，说某某先生对什么有兴趣，想看看货，又说某先生想看看那个东西，就让他过过目吧。就这样，把东西拿走以后就没还回来。催促他拿回来时，又说什么因为买主还没有送来，总是推三阻四地搪塞，到了也没有还回来。到最后，大概是觉得实在推托不了了，那人就躲了起来。

“不过，还剩了一个屏风呢。前日搬家的时候，阿安看到了，还说这是宗哥的东西，回头有机会，应该给他送去。”

听婶婶的口气，对宗助寄存的物品好像毫不在意似的。而宗助觉得既然东西已经在她家存放到现在了，也没有多大的兴趣。所以看婶婶丝毫没有受到良心责备的愧疚，宗助也没有太生气。

“阿宗，反正我们家也不用它，我看你还是拿回去吧，怎么样？你没听说最近，这类古董价钱见涨吗？”当婶婶说出这番话时，宗助想把屏风拿回家了。

从仓房把屏风搬到亮处一看，果然是自己熟悉的那个两折屏风。下面密密麻麻地画着胡枝子、桔梗、芒草、葛草和女郎花，上面是银粉绘出的一轮满月。在旁边的空白处，题有“山野行路月当空，月中绽放女郎花[①]其一[②]”。宗助跪下来，凝神端详着银色的焦黑边缘和被风吹得翻卷的干枯葛叶，其中有一

① 女郎花即败酱草。

② 铃木其一（1796—1858）名元长，通称为三郎。江户时代后期画家，是酒井抱一的弟子。

枚福饼大小的朱红色圆章轮廓，里面写有行书“抱一”[1]的落款，看到这里，他眼前不由得浮现出父亲在世时的情景来。

一到正月，父亲就会把这个屏风从昏暗的仓房里搬出来，摆在玄关前，在它前面放上个紫檀木的名片盒，用来存放收到的贺年片。那时为了图个吉利，会客间的壁龛里一定要挂上双虎图。宗助至今还记得，父亲曾经给他讲过，这不是岸驹[2]画的，而是岸岱[3]的墨宝。这幅老虎画面上有一块墨迹：老虎伸出舌头，喝峡谷里水，鼻梁上沾了点儿墨。父亲特别在意这个，一看见宗助，就要说：“你还记得这事吗？这是你小时候淘气涂上去的。”总是露出又好笑又可气的表情来。

沉浸在往昔回忆中的宗助，跪坐在屏风前，对婶婶说：

“婶婶，那我就把这个屏风拿走了。”

“好，好，你拿去好了，也让它派上些用场吧。”婶婶好心地说。

宗助将屏风一事拜托婶婶后，就告辞回家了。吃过晚饭，又和阿米到檐廊上，两人穿着白底单和服并肩坐在暗处，一边乘凉，一边谈论画轴的事。

“你没见到阿安吗？”阿米问。

“嗯，婶婶说阿安星期六也要在工厂干到晚上。”

---

① 酒井抱一（1761—1828），号雨村。日本画家，其主要作品有《夏秋草图屏风》。宗达、光琳、抱一被称为宗达光琳派三代宗师。后出家为僧，擅诗歌。

② 岸驹（1749或1756—1839年），原名岸佐伯，江户时代中晚期以画虎而闻名的著名画家，岸美术学校的创始人。

③ 岸岱（1783—1865）岸驹的长子。画家。

“真够辛苦的呀。”阿米说道，却没有对叔叔和婶婶的做法评论一句。

“小六的事，到底该怎么办呢？”宗助问。

“是啊。”阿米只回道。

“要是追究起来，咱们也有咱们的道理。不过，跟他们去理论没有用，最终只能靠打官司解决了。咱们手里又没有证据，官司打不赢的。”宗助想到了最坏的可能。

“打不赢官司也无所谓啊。”阿米马上回答。宗助只有苦笑着放弃了。

“说起来，还是得怪我那时候，分身无术，来不了东京啊。”

“可是，能来东京的时候，这些事又不那么重要了。”

夫妻俩这样说着，又从房檐底下窥探那道细细的天空，猜测了明日的天气后，钻进了蚊帐。

到了下个星期日，宗助叫小六来家里，把婶婶的话，一句不少地原样告诉了他。

“婶婶没有对你讲过这些情况，可能是知道你性子急，也可能觉得你还是个孩子，才没有告诉你，这个我也不清楚。事实就是我刚才说的那样。”宗助说。

对于小六来说，就算哥哥解释得再详细，他也不会满意的。

“真是这样吗？”他面带愠怒，不满地看着宗助。

“有什么办法呀，不管是婶婶，还是阿安，都没有什么恶意吧。”

“这个我当然知道。”弟弟的语气很严峻。

“难道你在怪我吗？我这个人肯定是不好。从过去到今天，我都是个一无是处的人。”

宗助躺倒在地，抽起了烟，没有再说话。小六也默不作声，凝视着立在会客间角落里的那个抱一画的两折屏风。

“你还记得那个屏风吗？”少顷，宗助问。

“嗯。”

“是前天佐伯家寄来的。父亲的遗物中，我手里只有这件了。如果它能换作你的学费，我马上就给你。可是靠这么个油漆剥落的屏风，也不能供你到大学毕业呀。”然后，宗助苦笑了一下，诉苦说：“大热的天，还立着这玩意儿，太不正常了。可是，没地方收藏，只好如此。”

小六虽然对这位和自己截然不同的，乐观又迂腐的哥哥一向看不惯，但到了关键时刻，兄弟俩也绝不会争吵。这时，小六也是一下子软下来，问道：

“屏风的事我不管，以后我该怎么办呢？”

“这是个麻烦。但愿年内能有个眉目吧。你好好想想看，我也考虑考虑怎么办好。”宗助说。

以弟弟的个性，最不喜欢这样的半吊子状态。小六向哥哥倾诉起来，在学校不能安心读书，回家没地方准备功课，这样的生活实在忍受不了。可宗助听了，还是那个态度。当小六越说火气越大，抱怨个不休时，哥哥也来了气，不客气地说：

“为这么点儿事，你就这么多抱怨，那就随你的便吧，想去哪儿就去哪儿好了，哪怕退学也没关系。你比我可有能耐多了！”

这么一来，哥儿俩就谈不下去了，小六一赌气回本乡去了。

宗助泡了澡，吃完晚饭，晚上和阿米一起去附近赶庙会。他们买了两盆花，一人抱着一盆回了家。卖花的人说，得让花儿着着露水，他们就打开了崖下那扇挡雨窗，把两个花盆并排放在院里。

钻进蚊帐后，阿米问丈夫：

“小六的事，谈得怎么样啊？”

“还没有好法子呢。”宗助答道。

仅仅过了十分钟，夫妇俩便都甜甜地睡着了。

第二天醒来，宗助又开始了紧张的上班族生活，无暇去考虑小六的事。回家后，就是闲待着没事，他也怕面对这个问题，好好考虑怎么解决。他那颗满头黑发的脑袋，受不了这类烦琐的事。过去，他很喜欢数学，对特别难解的几何题，他也能耐心地在头脑里画出清晰的图来。一想起这些，连他自己都感到害怕，才短短几年，自己的变化也太吓人了。

不管怎么回避，小六的身影每天都会朦胧地出现在他的头脑里。只有这个时候，他才觉得应该帮这家伙安排安排以后怎么办。然而，转念一想，也不必那么着急，又自己否定了。就这样，他怀着如鲠在喉般的感觉，一天天地过着日子。

转眼到了九月末，每天晚上都能眺望广袤银河的璀璨繁星。一天傍晚，仿佛从天而降一般，安之助突然来了。对于宗助和阿米都是意料之外的稀客，两个人猜测，他是无事不登三宝殿，果然，安之助要跟他们谈小六的事。

安之助说，前几天，小六突然到月岛的工厂来了，跟他商量关于自己学费的事。他说，详细情况已经听哥哥告诉他了，但自己一直做学问，到头来要是上不了大学就太遗憾了，他打算哪怕是借些钱，也想尝试自己闯一闯，问安之助有什么好法子。安之助回答：“你也要跟阿宗哥好好谈谈。”小六马上打断他的话，对安之助大吐苦水：“哥哥那人根本就指望不上。哥哥自己大学没有毕业，所以觉得人家中途辍学也不值得大惊小怪。这件事，要是追究的话，哥哥是有责任的，可是他反倒事不关己似的，我跟他磨破了嘴皮子，也不当回事。所以，我能依靠的人只有你了。被婶婶正式拒绝之后，来求你帮忙，是不大合适，可我觉得你比婶婶明白道理，所以才跑来找你的。”小六一味地诉苦，一副不达目的不罢休的架势。

安之助只好安慰小六说：“不可能的，阿宗哥对你的事也操了不少心，最近应该会到我家来商谈这件事的，你就放心吧。”好歹把小六打发走了。临走时，小六从袖口里掏出好几张白纸，说是要用这纸写请假条，请安之助在上面盖个章，对他说：“在决定退不退学之前，我也没办法安心学习，没必要每天按时去学校了。”

安之助说工作很忙，谈了不到一个小时就回去了。对于小六的事情，两个人也没有拿出个具体方案。安之助临别时只是说：“什么时候方便，大家坐在一起好好协商一下吧，可以的话，最好叫小六也参加。”

“你想什么呢？”剩下他们夫妻俩时，阿米问宗助。

“我恨不得变成小六呢。”宗助把两手插在腰带里，微微耸起肩膀说，“我这么担心他千万不要陷入和我一样的命运，可人家根本没把我这个哥哥放在眼里，真是受不了。”

阿米撤了茶具，端到厨房去了。夫妇俩没有再谈下去，照例铺好床睡觉。在他们进入梦乡时，清澈的银河高挂在天空。

下个星期日，小六没有来，佐伯家那边也没有什么消息，宗助家里又恢复了往日的平静。夫妇俩每天早上，露珠闪烁时分就起床，仰望灿烂的阳光照射在屋檐上。到了晚上，二人对坐在褐色竹台的油灯两边，影子被油灯照得老长。聊天间歇时，只有挂钟嘀嗒嘀嗒地走着，这也是常有的事。

即便这样，夫妻俩还是谈到了小六的事。小六非要继续读书自不必说，即使辍学，他也得暂时搬出眼下寄宿的地方，这是明摆着的。那么，他只有仍旧回佐伯家，或者来宗助家住，这两个选择。佐伯家尽管说了那些话，但只要跟他们商量，也不会太绝情的。不过，让小六继续上学的话，他的学费、零花钱等等，宗助这边不负担就说不过去了。可是，以宗助的收入确实负担不了。夫妇俩细算了一下每月的收支，结论是：

“还是不行啊。”

“怎么也不够啊。”

夫妇俩对坐的餐室挨着厨房，厨房右边是女佣房间，左边还有一间六铺席屋子。家里人口不多，加上女佣才三个人，阿米觉得这六铺席屋子没别的用途，一直把自己的梳妆台放在朝东的窗户边。宗助早上起来，洗完脸吃好饭，也到这里来换衣服。

“要不然把那间六铺席收拾出来，让小六住进去如何？”阿米提议。阿米是这样考虑的，我们负担小六吃住的话，其余的花销，就由佐伯家每月资助一些。这样就能如小六所愿，上到大学毕业了。

“衣服呢，可以把阿安和你穿剩的旧衣服改改给小六穿，对付一下。”阿米补上一句。

其实，宗助的头脑里也想过这个方案，只是顾虑阿米的心情，他自己也不太情愿，就没有说出来。所以妻子主动提出这个建议时，他自然没有勇气拒绝了。

当宗助将这个情况写信通知小六，表示“只要你同意，我就去跟佐伯家商量一下。”当天晚上，小六一接到信，就打着伞，冒着大雨跑来了。看他高兴的样子，就好像学费已经不是问题了。

“其实，婶婶以为我们对你的事，以后就大撒手了，不闻不问，才会那样说的。哥哥要是手头稍微宽裕一点儿，也早就给你解决啦。你也知道，我们实在没法子呀。不过，只要我们去说明情况，婶婶也好，阿安也好，恐怕也不好回绝的。一定可以解决的，你就放宽心吧，这事包在我身上啦。”

小六听了阿米的保证，又冒着大雨回本乡去了。中间只隔了一天，他又来问哥哥怎么还没去啊。又过了三天，他跑到婶婶那儿一问，说哥哥还没有去，于是又来请嫂子催促哥哥尽快去一趟。

宗助嘴里说着“就去，就去”，不知不觉一天天过去，转眼到了秋天。在一个晴朗的星期日下午，宗助觉得时间拖得太久了，便为了这件事情，给佐伯家写了封信，希望到番町见面协商。婶婶回信说，安之助已经到神户去了，不在家。

5

佐伯婶婶来访，是星期六下午两点多钟。那天不同往日，从早上就满天乌云，突然转成了北风，感觉很冷。婶婶把手伸到竹编圆火盆上烤着火，说道：

“阿米啊，我觉得这房子夏天倒是凉快，以后就越来越冷了。”

婶婶将自来卷头发挽成漂亮的发髻，短外褂胸前系着老式的线编圆绳结。婶婶好喝酒，这个年纪，每天晚饭时也要小酌几杯，也许是这个缘故吧，她面色红润，胖墩墩的，比实际年龄显得年轻许多。每次婶婶走了之后，阿米都对宗助说“婶婶真显年轻啊”。宗助便对她说：“当然年轻啦，她这个年纪，才生过一个孩子呀。”阿米觉得也有道理。每次听了丈夫这么说，都会悄悄到六铺席屋子去，对着镜子打量自己的脸。总觉得自己的脸蛋儿一次比一次消瘦了。对阿米而言，没有比将自己和孩子联想到一起更让她伤心的事了。屋后土堤上的房东家里小孩子一大群，每天都能听到他们来院里玩耍、荡秋千、摸瞎子，叽叽喳喳的，每当此时，阿米的心情都很复杂，既伤感又悔恨。此时端坐在自己面前的婶婶，只生过一个男孩子。这孩子顺利长大成人，成了一名优秀的学士，即便叔叔去世了，婶婶也不用发愁，胖得下巴都成了双层的。据说安之助总是担心母亲太胖了，不留神会得中风的。不过，在阿米看来，无论是为母亲忧心的安之助，还是被儿子担心的婶婶，都是在分享着幸福。

“阿安弟呢？”阿米问。

“哎，他总算回来了，是前天晚上回来的。所以还没来得及给你们回复，真是对不起了！”关于那个事，婶婶只这么提了一句，又把话题拉回到安之助身上来了。

“那孩子嘛，好不容易从学校毕业了，不过今后怎么发展才是最关键的，我也为他操心哪。这不，九月份他要到月岛工厂去上班了。我琢磨着，只要他像现在这样好好努力，到头来也不会差到哪儿去。唉，反正还年轻，将来会怎么发展，可不好说啊。”

阿米只是偶尔插上一句“很不错啊”“恭喜你啊”。

“我跟你说，这回他去神户，也是对方请他去帮忙的。听说是要把叫什么柴油发动机的东西安装在松渔船上。”

阿米完全听不明白。但即便不明白，她也“是啊，是啊”地附和着。婶婶接着说：

“我也搞不清楚是什么东西。听安之助给我解释，才好歹明白了——当然，关于柴油发动机，我到现在还是没搞明白。”婶婶说着，放声大笑起来，“听说是靠烧石油，使船航行的机器，听起来倒是个很宝贝的东西呢。只要装上它，就可以省去摇橹了。出海捕鱼几十里、上百里的，就轻松多了。当然了，就是在日本全国的松渔船中，他们的船也是屈指可数啊。他说，要是每条捕鱼船都能安上这样的机器，获利就大了。最近，他一心扑在这件事上呢。前几天我还笑话他，能赚大钱当然是好事，可要是这样劳神费心，把身体搞坏了，可就不划算啦。”

婶婶起劲儿地说着松渔船和安之助的事。看她的样子非常得意，却一直不提小六的事。平日这会儿早就回来的宗助，今天不知怎么，迟迟没有回家。

其实，这天宗助下班回来时，在骏河台下站下了电车，嘴里像含着个酸东西似的鼓着腮帮子，走了两百多米，进了一家牙医的门。三四天前，他和阿米面对面吃晚饭时，一边说话，一边用筷子夹菜的当儿，不知怎么回事，门牙钻心地疼起来，用手指晃动了一下，牙根松动起来。吃饭时，一喝汤或热茶就疼，张嘴呼吸，有风也觉得疼。今天早上，宗助为了刷牙，特地避开疼处，用牙签剔牙时，用镜子往嘴里照了照，只见在广岛镶的两颗银槽牙和磨得参差不齐的门牙寒光一闪。他换西服时，用手指晃动着下牙给阿米看：

“阿米，看来我的牙齿都不行了，这样一晃，差不多都活动啦！”

“上岁数了呀。”阿米微笑着，帮着丈夫把白色衣领往后翻在衬衫上。

所以这天下午，宗助下决心去看了牙医。他被领进候诊室，看见大圆桌周围，摆了一圈天鹅绒凳子，候诊的三四个人，都把下巴埋在衣领里。这几个人都是女性。漂亮的茶色煤气暖炉没有开。宗助看着斜映在穿衣镜里的白墙，等着叫号。他觉得实在太无聊，看见圆桌上有一摞杂志，就随手拿了一两本翻了翻，原来都是女性杂志。宗助来回翻看最前面几页的女人照片。继而又拿了一本《成功》杂志。在第一页上写了几条“成功的秘诀”之类的句子。其中一条是“凡事都必须勇往直前”，另有一条是“不可只知道勇往直前，必须立足在坚实的基础上勇往直前”，便合上不看了。“成功”与宗助素来无缘。迄今为止，他竟然不知道有此名称的杂志，因而，不禁出于好奇，又打开了刚刚合上的那本杂志，忽然看到两行纯粹用汉字写的诗：“风吹碧落浮云尽，月上东山玉一团。[①]”宗助一向对诗或和歌无甚兴趣，不料读了这两句，却十分欣赏。

他并非欣赏这两句诗的对仗工整，而是偶然想到，倘若人的心境也能情同此景，则人生当意趣横生，不禁有所心动。出于好奇，宗助又读了这两句诗前面的文章，却感觉同诗句并无关联。唯有这两句诗，合上杂志后，仍在他的脑海里流连不去。说实在的，在他的生活中，这四五年从未遇到过这样的景色。

---

① 此句出自《续传灯录》。中文原句是“月上青山玉一团”。

这时，对面的门开了，手里拿着挂号单的助手叫了一声“野中先生”，把宗助叫进了手术室。

走到手术室里一看，比外面的候诊室要宽敞一倍，采光十分充足，在明亮室内的两边摆着四张手术椅，两个围着白围裙的男医师，正在给各自的患者治疗。宗助被领到最里面的一张手术椅前，助手让他坐上去，他便踩着脚蹬，坐在了椅子上。助手将一条厚厚的竖条纹围裙仔细地把他的膝盖以下包裹住。

助手让他平稳地躺下之后，宗助发觉那颗牙齿不那么疼痛难忍了。不单如此，肩膀、后背和腰部也都平静下来，总之感觉很舒服。他只是平躺着，望着从天花板垂吊下来的煤气管。他暗自担心，这么好的条件和设备，回头或许会收取比自己预想的要高的医药费。

这时，一个面孔年轻、头发非常稀疏的胖男人走过来，非常客气地向宗助打了个招呼，宗助只好在椅子上慌忙抬了抬脑袋。胖医生先大致问了问牙疼的情况，然后检查了口腔。他稍微晃动了一下宗助那颗疼痛的牙，说道：

“这么松动的话，恐怕不容易恢复到原来那样了，因为牙根儿已经出现了脓疽。”

宗助感觉这个宣告有如寂寥的秋景。他想问问医生“难道我的牙齿这么老了吗”，又有些难为情，只问了一句：

“这么说，这牙治不好了？”

胖医生笑着说：

“这个嘛，我只能如实告诉你治不好了。实在疼得受不了，就得拔掉它，不过现在还不到那个程度，我先给你止止痛吧。我说的‘脓疸’这个词儿也许你不明白，就是说牙根儿已经烂了。”

宗助说了声：“是吗？”任凭胖医生摆布。医生使用器械，在宗助的牙根部钻了一个洞，然后往里面插进细长的针一样的东西，再拔出来闻闻尖端，最后从里面抽出一根细丝给宗助看，告诉他已经把这颗牙的神经取出来了。接下来，医生把药填进那个洞里后，让他明日再来一趟。

宗助从椅子上下来时，由于身体直起来了，视线自然而然从天花板转向了庭院，看到了一棵五尺多高的大盆栽松树。一个穿着草鞋的花匠，正用稻草仔细地包裹那松树的根部。宗助这才想起快到露凝霜降的时节了，有闲暇的人此时已着手给花卉做过冬准备了。

看完牙，宗助到门外的药局取了漱口剂。药局的人告诉他，要用一百倍的温开水溶解粉末，每日漱口十几次。这时，他发现医药费出乎意料的便宜，很高兴。这样便宜的话，按照对方要求，来看四五次牙也承受得了。他这么想着，穿鞋时又发现鞋底不知什么时候磨穿了。

宗助回到家时，婶婶刚刚走。

“啊，她来啦。”宗助说着，很嫌烦地换了衣服，像平时那样坐在了火盆前。阿米抱着一大堆衬衣、裤子和袜子，走进了六铺席房间。宗助正心无所思地抽烟，听到对面房里传来了用刷子刷衣服的声音。

“阿米，佐伯婶婶说什么了？”宗助问。

由于牙痛不治自愈了，宗助那如秋风侵袭般冰冷的心情随之好转了些。过了一会儿，他让阿米从他内袋里拿出药粉，用温开水溶化后，不停地用药水漱口。

“白天好像变短了啊。”宗助站在檐廊上说。

转眼太阳就落山了。白天都很少听到车子经过的街，天一黑，周围更安静下来了。夫妇俩照旧坐在了油灯下，只觉得偌大的世界只有他们坐着的地方才是明亮的。对坐在这明亮的灯影里，宗助心里只想着阿米，阿米也只想着宗助，灯光照不到的黑暗的社会已被他们忘掉了。他们每天晚上就是在这样的时光中，发现着他们夫妻的宿命的。

这对平静祥和的夫妻，摇晃着据说是安之助从神户买来的养老[1]特产长寿海带罐头，一边从里面拣出加了花椒的小海带结，一边慢慢聊着佐伯家的回复。

“不过，他们要是能负担小六每月的费用和零花钱就好了。”

“他们说是负担不了。婶婶说，不管怎么少算，这两项合起来也得十元。十元这么一笔钱，眼下每个月负担很困难。”

“那么，到年底之前，每月拿出二十几元，不是也负担不了吗？”

“所以，婶婶说，阿安说了，再困难也要再坚持一两个月。在这期间，让我们想办法筹钱。”

“他们真的负担不了吗？”

---

① 此处是地名。

“这个我也不知道，反正婶婶是这么说的。”

“要是渔船赚了钱，这点儿钱还算什么呀？”

“就是啊。”

阿米压低声音嘻嘻地笑了。宗助也咧了一下嘴角，这个话题就没有再说下去。

“看样子，也只有让小六住到家里来了，有什么办法啊。其他的事情，得在这个基础上跟他们谈了。他现在去学校了吧？”

“大概是吧。”

宗助听了阿米的回答，少见地进了书房。过了大约一个小时，阿米轻轻地打开隔扇一看，见宗助正在桌前读什么东西。

“你在看书？该睡觉啦。”

听到阿米催促，宗助回过头说着：

“嗯，该睡觉了。”站起身来。

睡觉的时候，宗助脱去衣服，在被子上一圈圈地卷着腰带，对阿米说：

“今晚读了《论语》，好久没读了。”

“《论语》里头写了些什么呀？”阿米问。

“什么也没有写。”宗助回答，“唉，大夫说，我的牙痛还是因为年岁大了，还说牙齿松动不容易治好的。”一边说着，脑袋就落在了枕头上。

6

双方总算协商好了，让小六退掉寄宿处，暂且搬到宗助家住。阿米瞧着摆放在六铺席房间里的桑木梳妆台，有些留恋似地对宗助诉说：

“这么一来，真不知把它放哪儿好了。”把它挪出这个房间的话，阿米就没有梳妆的地方了。宗助也不积极想办法，只是站在一边，从侧面望着放在对面窗前的梳妆台镜子。从这个角度可以看到阿米的胸口和侧脸。看到她那脸色苍白的侧脸，宗助十分吃惊。

“你不舒服吗？气色很不好啊。”宗助说着，将眼睛从镜子转向了阿米。见她鬓发散乱，衣领后边已见油垢了。

“大概是天气太凉的关系吧。”阿米淡淡地应道，立刻打开了靠西墙的一个壁橱。下面是破旧不堪的衣柜，衣柜上放着两三个皮箱子和柳条包。

“这么大个儿的东西，根本放不下呀。”

“所以嘛，还是摆在那儿算了。”

从这点儿小事就看得出，小六搬到这里来，宗助夫妻二人都会感到有些不便。所以，对答应搬过来，却迟迟未搬来的小六，他们也不催他。仿佛他晚来一天，不便就可以减少一些似的。大概小六也和他们有同样的顾虑，觉得在寄宿处住到不能住为止更方便，一天天地拖着不搬家。其实，以他的秉性，是不愿意像哥嫂那样拖拖拉拉，顺其自然的。

不久，进入了降霜时节，后院的芭蕉都被霜打了。早晨，听到土堤上的房东院子方向，传来鹎鸟刺耳的叫声。黄昏时分，还能听到急步走过的卖豆腐的喇叭声，以及圆明寺里敲木鱼的声音。天越来越短了。阿米的脸色比宗助那天从镜子里看到的更差了。有一两次，宗助下班回来，看到她躺在六铺席房间里。问她怎么了，她只是回答“心情不好”。劝她去看看医生，她总是说“不用看”，没有听丈夫的。

宗助担心起来，上班的时候也惦记阿米的身体，有时还影响到了工作。但是，有一天下班回家，坐在电车上时，他突然拍了一下大腿。那天，他异乎寻常地哗啦一声拉开格子门，劈头就问阿米“今天感觉怎么样？”阿米像往常一样，抱着一堆衣服袜子，走进六铺席房间时，宗助追过来笑着问：

“阿米，你是不是怀上啦？”

阿米没有回答，低着头不停地刷着丈夫西服上的尘土。刷衣服的声音停了，也半天不见她出来。宗助又过去一看，在昏暗的房子里，阿米独自一人瑟缩地坐在梳妆台前。她哎了一声站起来，听声音好像带着哭腔。

晚上，夫妻二人对坐在火盆两边，伸手在水壶上取暖。

“觉得怎么样啊，这世道？”宗助的声调少有的兴奋。阿米脑子里清晰地浮现出结婚之前的宗助和自己的样子。

“咱们是不是应该过得快活些呀，最近真是有些郁闷啊。”宗助又说。

然后两人商量起了这个星期天一起去个什么地方玩玩儿，就这个话题聊了好一会儿。之后又说到二人开春置办新衣的事。宗助说，他有个叫高木的同事，妻子非要做窄袖和服的时候，他就以“我挣钱可不是为了满足老婆的虚荣心的”，一口回绝了。妻子辩解说：“你真狠心啊，到了寒冬腊月，我确实没有出门穿的像样衣服啊。”于是他回答：“要是觉得冷，就干脆披上被子或毛毯什么的，将就一下好啦。”

宗助绘声绘色地反复给阿米讲这件趣闻，逗得她开心。阿米看到丈夫这个样子，昔日的一幕幕仿佛又浮现在了眼前。

“高木的妻子可以披棉被，我可是想做一件新外套噢。前几天我去看牙医时，看到花匠用稻草包裹盆栽松树，就特别想要呢。”

“你想置一件外套？”

“嗯。”

“那就做吧，分期付账。”阿米看着丈夫，心疼地说。

“还是算了吧。”宗助突然淡漠地回答，然后又问：“对了，小六到底打算什么时候搬来呀？”

“也许是不愿意来吧。”阿米说。

阿米自知小六从一开始就讨厌自己。但是考虑到小六是丈夫的弟弟，一直以来，凡事她都尽量顺着小六，总是主动地和他亲近。所以，虽然阿米相信，现在和以前不同了，自己和小六之间有着平常人家的叔嫂之情，可是小六迟迟不搬来，她意识到实际情况并非自己感觉的那样好，觉得自己是小六不愿搬来的唯一原因。

“大概是他不想从寄宿处搬到咱家这种地方来吧。就像咱们感到不便一样，他也会感到不自在的。要是小六不来的话，我倒是想趁现在做件新外套呢，这点儿胆量我还是有的。”

宗助到底是男人，索性说出了想说的话。可是，这么说并不能让阿米释怀。阿米没有说话，把尖尖的下巴埋在衣领里沉默着，然后抬起眼睛开口问道：

“小六弟，是不是还讨厌我呢？”

刚来东京时，宗助常常听阿米提出这类问题。每次宗助都费尽心思安慰她。近来，好像忘了似的，她没有再提起，宗助也就没有把这事放在心上。

“你怎么又神经过敏了？小六怎么想有什么关系，有我跟你在一起不就行了吗？”

“是《论语》上这样写的吗？”

每当这种时候，阿米就喜欢开这种玩笑。

“嗯，这样写的。”宗助回道。他们那天就此结束了聊天。

第二天，宗助一觉醒来，听见洋铁皮屋顶噼里啪啦响着，仿佛寒意袭来。阿米束起袖子，来到宗助枕边，提醒他：

“起床吧，到点了。”

宗助听着外面滴答滴答的雨点声，想在温暖的被窝里多躺一会儿。可是一看到气色不佳的阿米操劳的身影，便答应了一声，马上起来了。

外面雨雾蒙蒙，山崖上的孟宗竹犹如摆动鬃毛一般晃动着，不断地甩着雨滴。对于宗助来说，要冒着这凄冷的雨去上班，只有靠热乎乎的酱汤和米饭的能量了。

“鞋里又要湿透了。没有两双鞋替换还是不行啊。”宗助说着，只好穿上那双鞋底已磨出小洞的鞋，把裤腿向上卷了一寸。

午后回家，看见阿米把抹布浸在脸盆里，放在六铺席里的梳妆台旁边，脸盆上方的天花板变了色，时而有水滴落下来。

“不单是鞋湿透了，连家里也漏雨啦。”宗助苦笑着说。

当晚，阿米给被炉生上火，把丈夫那双花呢袜和条纹毛料裤子烤干了。

第二天仍然下起了雨，夫妻俩又重复了同样的事。第三天还是没有晴天。一大早起来，宗助就皱起眉头，咂着嘴抱怨：

“到底要下到哪一天呀。鞋子老是湿漉漉的，没法穿啦。”

“六铺席那屋子也得想想法子啊，老是这样漏雨的话……”

夫妻俩商量了一下，决定去跟房东交涉，等天一晴就修缮屋顶。但是，鞋子实在没办法解决。宗助费了好大劲儿，硬穿了这双紧巴巴的湿鞋去上班了。

幸而过了十一点，一下子雨过天晴，变成了雀儿在篱笆墙上欢叫的小阳春天气。宗助回来的时候，阿米露出比平时都愉快的神情，突然问他：

“我说，把那个屏风卖了不行吗？”

抱一画的屏风，前几日从佐伯家还回来后，一直原样立在书房角落，虽说可以对折起来，可是从会客间的布局和面积来说，的确是多余的摆设。放在南面的话，把玄关入口堵了一半，挪到东边又挡光，可放在剩下的那一面，又遮挡了壁龛。

“因为是老爷子的遗物，我才跟人家要回来的，谁知没地方放，反倒碍事了。”宗助这样嘟囔了两次。每次阿米都望着那圆圆的边缘发黑的银色月亮和绢布上几乎看不出来的芒草，显露出不理解的神色，不明白为什么有人把这东西当宝贝。可又怕丈夫不高兴，不好直截了当地说出来。只问了他一次：

“这也算是一幅不错的画吧？”

当时，宗助初次给阿米讲起有名的抱一来。其实，他不过是鹦鹉学舌，重复以前从父亲那里听来的朦胧记忆罢了。至于这幅画的真正价值，以及抱一的详细经历，宗助也只是略知一二。

然而，这些话导致阿米做了一个不寻常的决定。想起过去的一个星期里和丈夫的对话，结合刚刚听来的这个知识，阿米冒出了一个念头，不禁暗自微笑了。这一天雨停了，阳光照在餐室的拉门上时，阿米在便服外面套了一件颜色奇特、说不好是披肩还是围巾的毛织物，就出了家门。她沿着马路走了二百米左右，朝电车方向拐过去，再一直往前走，在干货铺和面包铺之间，有一家很大的旧家具店。阿米记得曾经在这里购买过折叠饭桌。现在使用的坐在火盆上的水壶，也是宗助从这家店买回家的。

阿米袖着手，在家具店前面站住了。看到店头依然摆着许多新水壶。除此之外，就数火盆最多了，也许是应季的货物吧。然而，没有一样东西称得上是古董。正对面挂着一个不知叫什么龟的大龟甲，从龟甲下面露出发黄的长掸子，就像条尾巴。此外，还摆着一两个紫檀木的茶柜，都是做工粗糙的次品。不过，阿米并不在意这些，她只注意到这家店里没有摆出一幅挂轴和屏风后，便走进了店里面。

不用问，阿米是为了了解从佐伯家要来的那个屏风能卖多少钱，才特意到这里来的。自从在广岛生活以来，她积累了不少这方面的经验，因此她不像一般主妇那样感觉有失体面，能够不发怵地跟老板说话。店老板五十岁模样，是个肤色黝黑、面颊瘦削的男人。他戴着玳瑁框的大眼镜，一边看报，一边把手伸到疙疙瘩瘩的青铜火盆上烤火。

“是吗？去看看也可以啊。”他淡淡地回答，没有多大兴趣的样子。阿米不禁有些失望。不过，自己原本也没有抱多大的希望，对方既然痛快地答应了，就主动请他来家里看看。

“可以，回头我就去府上。眼下店里的伙计不在，离不开呀。”

听了这句不大客气的回话后，阿米就回了家。她心里十分怀疑家具店老板是否真的会来看货。她一个人像往常那样吃完简单的饭菜，让阿清收拾桌子时，忽然听见一声：“有人吗？”只见，那个家具店老板噔噔噔地从玄关走进来了。他进了会客间，看到了那个屏风时，一边说着“就是这个呀”，一边用手摸了摸背面和边缘。

“想卖的话，就六元吧。”他想了想，很勉强似的报了个价。阿米觉得家具店给出的价钱还挺公道的。但是，她想到自己要是不跟宗助说一下，太独断了，再加上，这物件也是有年头的，更加有所顾忌，就回答：“等丈夫回来商量后，再说吧。”想把家具店老板先打发走。家具店老板临出门时说：

“这样吧，看在太太特地来小店的面子上，我再加一元，请卖了吧。”

阿米忍不住脱口说出：“不过，掌柜的，这可是抱一画的呀。”

家具店老板不以为然地说：“抱一近来不大时兴喽。”说完，他打量着阿米，留下一句：“那好吧，你们回头好好商量一下吧。”就走了。

阿米把这些情形对丈夫一五一十说完之后，天真地问：“不能卖了它吗？”

在宗助的头脑里，从最近这些日子开始，对于物质的欲求总是在蠢蠢欲动。只是因为过惯了平淡的生活，懒得为拮据的生计费脑子了，所以每月除了固定的收入外，他根本不屑于想法子搞些意外之财，来稍微改善一下现状。听了妻子这番话，他反倒为阿米的机敏才智吃了一惊，同时也怀疑是否真有这个必要。他问了阿米的想法，阿米说：“卖了屏风得到的不足十元钱，可以用来给你买双新鞋，还能买两丈多的名仙绸。”宗助觉得她说得也有道理。不过，把父亲传下来的抱一屏风和新鞋、丝绸摆在一起比较一下，觉得用屏风去换这两样东西，实在是荒唐而滑稽。

“能卖的话还是卖了吧，反正放在家里也是碍事。不过，我还不急着买鞋，要是像前几天那样阴雨连绵的，的确是个麻烦，可是现在天气已经晴了。”

“再下起来就糟糕啦。”

宗助无法对阿米保证永远都是好天气，而阿米也不好说“在下雨之前，务必把屏风卖掉”的话，两个人相视而笑。

“给的价钱太便宜了吧。”阿米问。

“是啊。”宗助回答。

听阿米说出价便宜，宗助也觉得少了些。如果有人愿意买，他当然想卖个好价钱。他记得在报纸上看到过，最近古董书画的行市上涨了。当时他曾想，自己要是有这么一幅字画就好了。可是，他并不抱什么希望，因为这种东西，在自己的生活范围里从未有过。

“买主当然是因人而异，但卖主也是因人而异。不管什么样的名画，在我的手里时，无论如何也卖不出高价来。话说回来，七八元钱，好像也太便宜了。”

宗助为抱一作画的屏风感到不忿，同时也流露出为家具店老板辩护的语气。唯独对自己，好像没有什么值得辩护的。阿米也有些扫兴似的，关于屏风的事就谈了这些。

第二天，宗助上班后，对同事们讲了这事。大家异口同声地说，这个价钱低得离谱啊。但是没有一个人表示愿意从中搭桥，帮他卖个好价钱，也没有人告诉他，通过什么途径可以避免吃大亏。宗助除了到家具店去卖屏风，也没有其他办法。不然就只能像原来那样把它摆在会客间里，不管它有多碍事。于是，宗助照旧把它摆放在会客间里。这时候，那家具店老板又来了。这回他表示愿意出十五元买那个屏风。夫妇俩相视而笑，说想摆放些日子再说，没有卖。隔了几天，那个家具店老板又来了，他们还是没有卖。阿米渐渐觉得这样一再回绝他挺好玩儿的。

家具店老板第四次来的时候，带来一个没见过的男人，他和那个人叽叽咕咕了半天，终于出了三十五元的价钱，夫妻俩商议了好久，才下决心把屏风卖掉了。

7

圆明寺的杉树像烧焦了似的变成了红黑色。天晴日朗的时候，遥望被风吹得湛蓝如洗的天边，隐约可见白雪镶边的险峻山峰。天气日渐寒冷，将宗助夫妇一天天驱入了冬天。一到早晨，就听到叫卖纳豆的小贩从门外走过，那声音让人联想瓦上覆盖的白霜。宗助躺在床上听着那声音，意识到冬天又来临了。阿米在厨房里，则盼望今年也能像去年一样，水龙头千万不要冻住，这是每年从年末熬到开春最让她操心的事。一到夜晚，夫妇俩总是挨着被炉取暖，不觉羡慕起广岛和福冈暖和的冬天来。

“咱们快要跟前院的本多先生一样了。”阿米笑道。前院的本多，是住在同一个地块里的一对老夫妇，同样租住着坂井家的房子。他家里雇了一个小女佣，从早到晚悄无声息地过着平静的日子。阿米一个人在餐室里做针线时，常常听到叫“老头子”的声音，那是本多的老婆子叫丈夫的声音。每次在门口碰见阿米，老太婆总是客气地寒暄天气，请阿米进去坐坐。但是，阿米没有去过她家里，对方也没有来做过客。因此，夫妇俩对这位本多先生知之甚少。只是从一个常来家里的买卖人嘴里听说，他们只有一个儿子，在朝鲜的统监府[①]里做事，这对老夫妇靠着儿子每月寄来的生活费，过着不愁吃喝的生活。

“老爷子还在侍弄花木吗？”

“天儿越来越冷，大概不弄了吧，檐廊下边摆着好多花盆哩。”

话题又从前院那家转到了房东那边。这家人和本多家正好相反，从宗助夫妇的角度看，是个热闹透顶的家庭。最近，因为庭院里荒凉了，这帮孩子不到土堤上来闹腾了。但是每天晚上，都能听到弹钢琴的声音了。可能是女佣吧，常常在厨房里放声大笑，宗助在餐室都能听到。

“那家主人究竟是做什么的呢？”宗助问道。这个问题他已经问过阿米好几次了。

“他好像从来不做事呀，因为有房地产呗。”阿米回答，这个回答也同样对宗助说过不知多少遍了。

除此之外，宗助没有再问什么关于坂井家的事了。刚辍学的时候，他只要遇到那些顺风顺水、志得意满的人就气不打一处来，心想别得意得太早了。过了一段时间，这想法就转化为

---

① 根据《日韩协定》，1905年日本政府在朝鲜首都设立的机构，1910年撤销。

纯粹的憎恶之念了。而这一两年来，宗助对自己与他人的差别已毫不介意了。他渐渐认识到，自己从一降生就注定这个命，而别人是带着他自身的运气来到这个世上的，从一开始，彼此就不是同一类人，所以除了作为人而生存之外，他们之间是没有任何交集或是利害关系的。夫妻俩聊天的时候，宗助偶尔也会问一句："那家伙到底是靠什么赚钱？"但也懒得再往下打听了。阿米也有同样的倾向，可是今天晚上，她却罕见地说了不少情况。什么男主人坂井四十岁，是个没有胡子的人，弹钢琴的是他家十二三岁的大女儿，别家的孩子来他家玩，他家也不让荡秋千等等。

"为什么不让别人的孩子荡秋千呢？"

"当然是小气啦，怕坏得快呀。"

宗助笑起来。他心想，这等吝啬的房东，跟他一说屋顶漏雨，马上找泥瓦匠来修缮；告诉他篱笆坏了，就叫花匠来修整，真是奇怪啊。

那天夜里，宗助没有梦见本多家的花盆，也没有梦见坂井家的秋千。他十点半上床，就像是身心疲惫的人那样打起了鼾。最近阿米因为常常头疼，总是睡不着。她不时睁开眼睛，盯着昏暗的房间，壁龛里摆着一盏微弱的油灯，夫妇俩习惯点着灯睡觉，所以睡觉时，总是把灯芯弄得细细的，放在这里。

阿米有些不安似的翻来覆去，每回都要将下边的肩膀，在褥子上蹭来蹭去。最后她索性趴在床上，支着胳膊，瞧着丈夫。然后爬起来，拿起盖在被脚的衣服，披在睡衣外面，把壁龛里的油灯端起来，凑近宗助的枕边，弯下腰叫着："当家的，当家的。”这时丈夫已经不打呼噜了，可仍然均匀地呼吸着，睡得很熟。阿米又站起来，端着油灯，打开隔扇走进了餐室。黑乎乎的房间被她手里的灯光朦朦胧胧照亮时，阿米看到了衣橱上反着暗光的铁环。她穿过餐室，在被烟火熏黑的厨房里，只看见了格子门上的白纸。阿米在没有热乎气的厨房中央站了片刻，又蹑手蹑脚地拉开右边女佣的拉门走了进去，举着油灯看了看里面，只见女佣像鼹鼠似的蜷缩在花色模糊的被子里。她又瞧了一眼左边那个六铺席房间。空荡荡的屋里，只放着那个梳妆台，镜面在黑夜里显得很刺眼。

阿米在家里四处转了一圈，确认没有什么异常之后，又回到床铺上躺下了。这回她终于闭上了眼睛。只觉得眼皮发沉，不一会儿就睡着了。

突然间，阿米又睁开了眼睛，她好像听到枕边“咚”的响了一声。她抬起头想了想，断定是一个很重的东西，从后面土堤上坠落到自家卧室的檐廊外了。可是当她想到，那是自己醒来之前听到的响声，绝不是在做梦时，忽然害怕起来。这回她拽着躺在一旁的丈夫盖的被子，使劲摇晃起宗助来。

宗助一直睡得很熟，突然被摇醒后，听到阿米说：“你起来一下吧。”

“嗯，好吧。”还在半梦半醒之间，宗助就立即坐了起来。阿米小声地把刚才听到的动静告诉了他。

“那声音只响了一次吗？”

“刚刚响过的。”

两人又沉默了，屏息静听外面的动静。外面万籁俱寂，不论怎样侧耳细听，也没有听到东西再次坠落的声音。宗助一边说着好冷，一边把外褂披在睡衣外面，走到檐廊上，拉开了一扇挡雨窗。外边漆黑一片，一股寒气从黑暗中向身上袭来。宗助立刻关上门，然后放下挡雨窗回到卧室，又迅速钻进了被窝。

“什么也没有发现，大概是你在做梦吧。”宗助说着就躺下了。阿米坚持说，绝对不是做梦，确实从头顶上发出了很大的响声。

宗助从被子里伸出半个脸，朝阿米说：

“阿米，你最近神经有些过敏，不大正常。你要锻炼自己让脑子放松，睡好觉才行。”

这时，隔壁屋子里的挂钟敲了两点。这声音打断了两人的对话，沉默下来时，越发觉得夜深人静了。二人都没有困意，一下子睡不着了。

“要说你还真是想得开，躺下不到十分钟，就睡着了。”阿米说。

“我入睡快是快，可不是因为想得开，是太累了，才这么能睡呀。”宗助回答。

这样说着话，宗助又睡着了，阿米仍旧在床上翻来覆去的。这时，外面有一辆车经过，发出嘎啦嘎啦的响声。最近一段时间，阿米常常被这黎明前的嘎啦嘎啦声吓了一跳。回想起来车子总是同一个时间经过，估计每天都是同一辆车走同样的路线吧。大概是送牛奶的车，不然怎么会那样急匆匆的。听到这车声，似乎就意味着天亮了，邻居们起床了，阿米也觉得踏实了。不多久便传来了鸡叫。再过一会儿，就听到有人穿着木屐从门前走过，发出清脆的响声。随后是女佣阿清打开屋门，去上厕所后，来到餐室看挂钟。此时，壁龛里的灯油所剩无几，够不到短短的灯芯，导致阿米的床铺一片昏黑。这时候，从隔扇缝隙透进了阿清手里拿着的油灯光亮。

“是阿清吗？”阿米会叫她一声。

这之后，阿清就起床了。三十分钟后，阿米也起来了。再过三十分钟，宗助才起来。平时，阿米总是恰到好处地过来叫醒宗助：

“该起来啦。”

遇到礼拜日或节日，阿米就稍稍改为：“快点儿起来吧。”可是今天，宗助惦记着昨天夜里的事，没等阿米来叫，就起了床，立刻打开了靠土堤一侧的挡雨窗。

他往上看去，竹子被锁在清晨的寒气里纹丝不动。朝阳从竹子后面透过白霜照过来，染红了土堤顶部。从土堤往下两尺左右的陡坡上覆盖的枯草竟然翻起来，露出了里面的红土。看到这个现象，宗助不禁有些吃惊。由这儿再一直往下看，就在自己站着的檐廊边的土地上，霜凌被踩得乱七八糟的。宗助以为是一条大狗从土堤上滚落下来造成的，可又一想，就算再大的狗，这分量也太重了吧。

宗助从门口拿来木屐穿上，立刻下到院子里。由于厕所向外拐出的部分堵在走廊尽头，土堤下面原本就狭窄，通向后院的三尺宽的过道就更窄了。每当清扫工来干活的时候，阿米就会担心这个拐角。

“那地方要是再宽一点儿就好了。”她紧张兮兮的样子，经常被宗助笑话。

穿过这里，就是直通厨房的一条小路。原来，和邻居的庭院之间，隔着一道掺杂着枯枝的杉篱笆墙，可是前些日子，房东修缮房子时，把百孔千疮的杉树篱笆拔掉了。现在用一块多节木板遮挡在一侧，一直到后门口。本来光照就不好，加上雨水总是从导水管流下来，一到夏天，这里就长满了秋海棠。开得最旺盛的时候，绿叶密密层层，茂盛得连通道都快堵住了。搬来的第一年，宗助和阿米看到这景色诧异不已。这些秋海棠在杉篱笆被拔掉之前，已在地下蔓延了多年。因此，即便是老房子被拆毁的今天，一到时节，它照旧会冒出嫩芽来。阿米听说后高兴地说：

“也挺可爱的。”

宗助踩着寒霜，走到这块回忆满满的地方时，他的目光落在了细长小路的一个地方，于是，在阳光照不到的寒冷之处猛然站住了。

原来在他的脚边，躺着一只黑漆泥金绘书箱。这书箱就像是被人拿到这里来似的，放在霜地上。盖子被扔在两三尺远的木板墙根，翻了个儿，贴在里面的千代纸的花色看得很清楚。书箱里的信笺和书籍散了一地，乱七八糟的。其中有一封长信，足有两尺多长，开头一段纸已被揉成了纸团。宗助走过去，往那团信纸下头一看，忍不住苦笑起来，原来下面是一堆大便。

宗助把散落在地上的书籍收集起来，放进书箱里，把沾满霜和泥土的书箱拿到后门，打开拉门，交给阿清，吩咐她：

“你把这个先拿进去。”

阿清不解其意地接过书箱。阿米正在里面打扫会客间。此时宗助揣着两手，在玄关和大门附近仔细查看了一遍，都没有发现异常之处。

宗助这才回到了屋里，走进餐室，照例坐在了火盆旁边，一坐下就大声叫阿米过来。阿米一边嘟囔着“你一起床就上哪儿去了”，一边从里面出来了。

“看来昨夜你听到枕头旁边咚的一声响，果然不是做梦啊。是小偷。那是小偷从坂井先生家的土堤上跳下来，落到咱家院子里的声音。刚才我去后院转了一圈，看见了这个书箱，里边的信什么的，被扔了一地。逃走时居然还留下了一泡大便。”

宗助从书箱里拿出两三封信来递给阿米。这些信都是写给坂井的。阿米吃惊地半跪着问：

“坂井先生还有什么被偷了吗？”

“说不定还有别的东西被偷了呢。”宗助抱起胳膊答道。

夫妇俩决定把书箱暂且放在一边，先吃早饭。吃饭的时候，他们也没忘谈论小偷的事。阿米跟丈夫夸自己的耳朵灵敏、头脑清楚。而宗助则把自己耳朵不灵敏、头脑不清楚看作幸事。

“虽然这么说，可万一被偷的不是坂井家，而是我们家呢，像你那样呼呼大睡还得了啊。”阿米噎了宗助一句。

“没事，贼不可能到咱们家里来的，放心吧。”宗助也不服软。

这时，阿清突然从厨房探进头来，一脸认真地说了一堆宽心话：

“要是前几日老爷新添置的外套被偷了，那可就着急死了。幸好不是您家，是坂井老爷家，真是万幸啊。”宗助和阿米听了，不知该怎么回答她。

吃过早饭，离上班还有不少时间。宗助估计坂井家因为进了贼的事，正慌乱呢，打算把书箱给他送回去。虽说是泥金画，不过是在黑漆底子上用金箔贴了个龟甲纹，不像是多么值钱的东西。阿米找出一块印花包袱皮把它包起来。包袱皮有点儿小，只好将对角系上后，在正中打了个死结。宗助提着它，就像个送礼的果盒。

虽然从会客间里抬头一看就是土堤，可宗助从大门出去，要走五十来米，爬上坡路，再往回走五十米，才能到达坂井家的门口。宗助沿着石头上铺有草坪，草坪上造型漂亮的扇骨木树篱笆墙走进了大门。

坂井宅子里不可思议的安静，宗助走到毛玻璃门关着的玄关前，按了两三次门铃，大概是门铃有毛病，没有一个人出来开门。宗助只好又绕到后门，那里的两扇毛玻璃格子门也关着。听到里面有干活的声音。宗助就打开门，对蹲在放着煤气灶的地板间里干活的女佣说明了来意。

“这个书箱，是你们这里的吧？今天早晨掉到我家后院了，我给送回来了。”宗助说着，把书箱递给她。

“是这样啊，谢谢啦！”女佣简短地道了谢，抱着书箱走到地板房间的隔断处，叫出来一个干杂活的女佣。她对那个女佣小声说了几句话，把东西交给她。女佣接过东西时，瞧了宗助一眼，就马上进了里面。与此同时，一个十二三岁的圆脸、大眼睛的女孩儿，和一个像是她妹妹的、扎着同样发带的女孩儿一起跑了过来，她们两个并排探出小脑袋，瞅着厨房里的宗助，互相耳语着“他是小偷”。宗助觉得交还了书箱，就没自己的事了，里面的主人出来不出来都无所谓，打算马上回家。

“书箱是你们家老爷的吧。没别的事了吧？”宗助问了一句，同情地瞧着一无所知的女佣时，刚才那个女佣出来了，很客气地低下头说：

“请您进去吧。”

这回轮到宗助惶恐了，而女佣愈加谦卑地再次请求，宗助惶恐之余，竟然感到有些为难了。就在这时，房东出来了。

房东虽然如想象的一样红光满面，下巴浑圆的富态相，却不像阿米说的那样没有胡子。他的鼻子下面留着仁丹胡，从两颊到下巴，刮得溜光发青。

“哎呀，真是让您费心啦。”

房东笑得眼角聚起细细的皱纹，向宗助道谢。房东穿着米泽碎花布，跪在地板上，听宗助叙述时的态度极其从容不迫。宗助把昨夜到清早发生的情况，大致讲述了一遍之后，问对方除了书箱外，还丢了什么东西。房东说，放在桌上的一块金表被偷了。不过，看他的神色，就像丢了其他东西一样，丝毫不显得多么沮丧。比起金表来，倒是对宗助的叙述更有兴趣似的。他问宗助，小偷到底是想顺着土堤下去，从你家后院逃跑呢，还是逃跑的时候慌不择路，从土堤上掉下来的呢？宗助当然回答不了。

这时，最初那个女佣，从里面送来了茶和香烟，这么一来，宗助更不便告辞了。房东还特地拿来坐垫，让宗助坐下来。然后，他开始讲今天早上警察来了以后的情况。根据警察的判断，那个贼一定是天黑时溜进宅子里，藏身在储藏室之类的地方了。他应该是从厨房进来的，然后擦着火柴点了根蜡烛，插在厨房的小桶里，进了餐室。但隔壁房间里睡着夫人和孩子，所以那个贼沿着走廊进了房东的书斋，在那儿偷窃时，也许是刚出生的小儿子该吃奶了，睁开眼哭闹起来，所以贼打开书房门，逃到院子里去了。

“像平时那样，狗要是在家就好了。恰好它生了病，四五天前住进医院了。”房东遗憾地说。

“真是不巧啊。”宗助附和道。

于是，房东聊开了那条狗的品种、血统，时常带着狗去打猎等等。

“我喜欢打猎，不过近来患神经痛，就没有去。从刚入秋到冬天，去打鹬鸟的时候，从腰部以下都泡在水田里，一泡就是两三个小时呢，真是伤身体啊。”

这位房东看样子没有什么时间观念，宗助只得“是啊”“是吗”地附和着。他见房东滔滔不绝，说个没完，只好中途站了起来，打断他说：

“对不起，我现在必须要去上班了。”

房东这才意识到，抱歉地说：“您这么忙，还耽误你的时间，实在抱歉。”还说，警察说不定会去看看现场，到时候请提供方便等等。

“你什么时候方便，很想找你聊聊。我最近闲得没事，回头去叨扰吧。”最后，房东非常客气地说。

宗助出了大门后，疾步走回家中。一看表，已经比每天出门时间晚了三十分钟。

“你怎么待这么久？”阿米担心地迎出来。

“那位叫作坂井的人，可真是个乐天派啊。有了钱，是不是就可以像他那样坦然了？”

8

“小六弟，先从餐室开始，还是从会客间开始呢？”阿米问道。

四五天之前，小六终于搬到哥哥家来了，所以今天就得帮着嫂子更换拉门上的糊纸了。以前他在叔叔家时，也和安之助一起更换过自己房间的糊纸。那时候，他们俩在盆里调好糨糊，使用小刮片，像模像样地干起来。可是，等糊纸干透之后，把拉门安回去时，两扇门给弄颠倒了，怎么也安不上。后来，他和安之助还干砸过一次。他们按照婶婶的吩咐，糊纸之前用水冲刷拉门的木框，结果干了以后，门框变歪斜了，装起来特别费劲。

“嫂子，糊拉门的时候，要特别小心才行，不然准得搞砸。千万不能用水冲洗啊。”小六说着，从餐室的檐廊开始刺啦刺啦撕起糊纸来。

檐廊右边拐角处是小六住的六铺席房间，左面是突出来的玄关。对面是和檐廊平行的围墙，差不多是个四方形的院落。到了夏天，大波斯菊开满小院，夫妇俩每天清晨，都能欣赏到晶莹的露珠闪烁在花朵上的美妙景色。他们还喜欢在院墙边戳几根细竹竿，让牵牛花攀爬。每到夏季，两个人一起床就到院子里去数今天开了几朵花，乐在其中。不过从秋天到初冬，花草全都枯萎了，变得像一小块沙漠似的荒凉，看着让人倍感寂寞。小六背朝着这块白霜覆盖的四方地面，不停地撕着旧糊纸。

寒风一阵阵从背后向小六的光头和领口吹来。每当感觉到凛冽寒风时，他就想从暴露的檐廊上躲进六铺席房间里来。他的手冻得红红，一边默默地撕纸，一边从铁桶里拧干抹布，擦着拉门的木框。

“很冷吧，真是不好意思。不巧碰上这阴雨连绵的天儿。”阿米说着客气话，把水壶的热水一点儿一点儿地倒进盆里，溶化开昨天打的糨糊。

其实小六心里很瞧不起这种家务活儿。特别是眼下处在身不由己的境地，他多少怀有自我嘲弄之感，拿着抹布干活的。回想从前他在叔叔家，干这种活儿是为了打发时间，只觉得好玩，没感觉不愉快。可现在，自己仿佛被周围人看作只配干这些活儿的无能之辈，檐廊上的嗖嗖寒风使他更加郁闷。

因此，小六懒得好好回答嫂嫂的问话。此时，他的头脑里浮现出寄宿处那个生活奢侈的法学科大学生来。这个学生每回出去散步，都要顺便去趟资生堂，不惜花五元钱买三块肥皂一盒的肥皂和牙膏。这让小六觉得，唯独自己必须陷入这样的贫困境地是没有道理的。而且，甘于这样的生活，惨淡度过人生的哥哥嫂子也实在叫人怜悯。在小六看来，就连糊拉门用的美浓纸，哥哥他们好像都舍不得买似的，生活过得太消极了。

“这种纸，用不了多久就破掉了。”小六说着将卷纸拉出一尺长，对着阳光使劲儿抻了两三下。

“是吗？反正家里没有小孩子，不结实也不要紧的。”阿米回答，然后拿起蘸了糨糊的毛刷，麻利地往木框上刷起来。

叔嫂二人分别拉扯着长长的糊纸两头，尽量把纸绷紧，但小六不时露出不耐烦的表情，阿米意识到后，怕小六不快，有时候就凑合着用剃刀将纸裁断了。所以糊出来的地方，因接口多而凹凸不平，很是扎眼。阿米有些遗憾似的望着立在防雨窗套前的刚糊好的拉门，心想，要是把小六换成丈夫，就不会这样了。

“看着有些褶皱啊。”

“反正我干活就是不细。”

“哪里，你哥哥还没有你糊得好呢。你哥哥可比你懒多了。”

小六没有回答。阿清从厨房端来漱口茶碗，小六接过来，站在防雨窗套前，往纸上喷水。糊第二扇的时候，刚才喷过的地方基本干了，褶皱也大体上变平展了。糊第三扇时，小六喊起腰疼来。其实，阿米从早上就开始头疼了。

“再糊一扇吧，把餐室糊完了，咱们就休息。”阿米说道。

餐室糊完后，已经到了中午，两人开始吃午饭。小六搬来这四五天了，由于宗助不在家，午饭总是阿米和小六一起吃。自从同宗助结婚以来，阿米每天都是和丈夫一起吃饭。丈夫不在家时，就自己一个人吃饭，这已是多年来的习惯了。所以突然间和这位小叔子之间放着一个饭盆，面对面地吃东西，对阿米来说是一种奇异的体验。女佣在厨房干活时还好些，要是阿清也不在的话，她就更觉得拘谨难耐了。当然了，阿米比小六年长，加上他们一直以来的关系，两性间弥漫的浪漫情调，即便是在拘谨的年轻时，也不可能发生在他们之间。阿米心里直嘀咕，和小六面对面吃饭时的这种尴尬气氛，不知哪一天才能消失。小六搬来之前，她从未预想到会是这样，因此更加困惑。没有办法，她只得在吃饭时多说些话，尽可能填补相对无语的尴尬空隙。不幸的是，现在的小六，还不具备恰当应对嫂子这种感觉的余力和体贴心。

“小六弟，寄宿的饭好吃吧？”

每次听到这样的问话，小六都觉得现在不能像偶尔来哥哥家玩时那样，冷淡而无所顾忌地回答了，只好应付一句：

“哪有什么好吃的。”由于他的口气硬邦邦的，使得阿米有时误以为小六怪罪她照顾得不好。于是两人又默不作声了，这种时候小六常常也在想心事。

赶巧阿米今天头疼，吃饭时她也无法像平时那样勉强自己跟小六没话找话说，万一哪句话说不好就更让人扫兴了。因此，今天吃饭时两人都没怎么说话，比糊纸的时候话还少。

下午也许是比较熟练了，比上午进展快了些，可他们的情绪却比吃饭前更淡漠了。尤其是寒冷的天气也影响了他们的心情。早上起床时，天高云淡，天气晴朗，谁知湛蓝色的天空中忽然出现了乌云，严实地遮住了太阳，仿佛在黑暗之中孕育着细雪似的。两个人轮流到火盆旁边烤手。

“到了来年，哥哥该加薪水了吧？”

小六忽然对阿米问了这么个问题。当时阿米正在捡铺席上的纸片，擦着手上的糨糊，听到这个意想不到的问话，露出一脸吃惊的神情：

“你怎么知道？”

“看报纸上说，从明年开始，给政府官员普遍加薪啊，你们没听说吗？”

阿米对这个消息一无所知，听小六详细说明后，才点了点头说道：

“可也是啊。要不然谁还愿意干下去呀？就拿生鱼片来说，我来东京后，价格已经涨了一倍了。”

对于生鱼片的价钱，小六全无常识，听阿米一说，才发觉涨得太快了。

由于小六好奇心萌生，两人的对话竟变得坦率了。阿米告诉小六，后面土堤上的房东十八九岁的时候，物价特别便宜，这事是前几天听宗助跟她说的。那时候，吃荞麦蒸面是八厘，汤面是两钱五厘，牛肉一份是四钱，里脊是六钱，去说书场是三钱或四钱；每月由家里寄七元生活费的学生，属于中等，若是寄十元，就很富裕了。

“要是在那个时候，小六弟上到大学毕业，还不是很容易吗。”阿米说。

“哥哥的日子也就好过多了。”小六回应道。

糊完会客间拉门时已经三点多了。再过一会儿，宗助也该回来了，阿米要赶紧准备晚饭，所以两个人暂且干到这儿，把糨糊和剃刀都收拾了。小六伸了个大懒腰，用拳头砰砰敲着自己的脑袋。

“真是辛苦你啦。累了吧？”阿米关切地对小六抚慰道。小六有些馋了，想吃点儿什么。他让阿米把收在柜橱里的点心——这是坂井为感谢送还书箱的事送的谢礼——拿出来吃了。阿米给他沏了杯茶。

“那个坂井，是大学毕业吗？”

“哎，听说是的。”

小六喝着茶，抽着烟，隔离片刻，又问道：

“加薪的事，哥哥还没告诉你吗？”

“没有，什么也没说过。”阿米回答。

“我要是能有哥哥那样的工作该多好啊，就没什么不满的了。”

阿米没有表态。小六站起来，走进了六铺席房间。没过一会儿，他又抱着火盆出来了，说是火灭了。小六虽说寄居在哥哥家里，但他相信安之助那句安慰自己的话“过些日子就会有办法的”，所以才以休学为名，暂且在这里寄居的。

9

坂井和宗助因这书箱结缘，竟成了朋友。从前，宗助家每月派阿清去送一次房租，对方则把收据送过来，仅仅是这等程度的交往而已。所以就像土堤上住的是西洋人似的，彼此并没有邻里之间的亲密情感。

宗助送还书箱的那天下午，正如坂井所说，警察果然来了，从宗助家后院开始，对土堤下面进行了一番勘察。由于坂井也一起来了，阿米才初次见到了这位传说中的房东。原以为他没有胡须，其实是有胡须的，对她说话也使用敬语，真有些出乎阿米的意料。

“我说，其实坂井先生是有胡子的。”宗助回来后，阿米特意告诉他。

又过了两天，坂井家的女佣提着附有主人名片的漂亮点心盒来送谢礼。她恭谨地说：“前日多有烦扰，万分感谢！过几日我家主人会亲自登门致谢……”然后就回去了。

当晚，宗助打开这个点心盒，一边大口吃着豆沙馅儿点心，一边说：

“从他送这样的礼物来看，说明也不是特别吝啬啊。不让别人的孩子玩秋千，多半也是瞎说吧。”

“肯定是瞎说。”阿米也为坂井辩护起来。

夫妇俩和坂井家的关系，虽说比被盗之前亲近多了，但不管宗助还是阿米，都无意再增进一步。且不说两家是房东和租户的关系，单从邻里交往或情谊这一点出发，宗助他们就没有再跨进一步的勇气。若是顺其自然地枉任岁月流逝，用不了多久，坂井便会回归过去的坂井，宗助也变回了原来的宗助，一如土堤上下之隔，感情亦会渐行渐远。

谁知隔了两天，第三天的傍晚，坂井身披暖和的水獭毛领厚大衣，突然大驾光临。让不习惯夜晚客人造访的夫妇俩大为吃惊，不免有些狼狈。他们把客人请进会客间交谈起来，坂井对前几天的事一边客气地道了谢，一边说着：

“万幸的是，被偷的东西又还回来了。”

他说着解下挂在白绸腰带上的金链子，拿出一块双盖金表给宗助看。

听坂井说，按照规定，丢失的东西都在警察那里备了案，不过，这其实是块旧表，即使被盗也没有什么可惜的，并不抱多大希望。没想到，昨天突然有人匿名寄来一个小包裹，里面包着的正是自己丢失的这块金表。

“想必小偷不好处理它，犯难了吧。也可能是卖不了几个钱，干脆还给我算了。不管怎么说，也是件新鲜事啊。”坂井笑着说。接下来，又说明了金表的来历：

“其实，对我来说，倒是那书箱更宝贝呢。当然这块金表，据说是祖母过去在宫中的时候得到的赏赐，也算是件纪念品吧。”

那天晚上，坂井就这个话题聊了约两个小时才告辞。陪着客人的宗助，还有在餐室里旁听的阿米，都不能不觉得他是个非常健谈的人。

“他真是见多识广啊。”阿米点评。

“生活悠闲呗。”宗助做了解释。

第二天，宗助下班回家，从电车下来，走到小巷的家具店前时，一眼看到穿着那件水獭毛领大衣的坂井。他侧脸朝着马路，正跟老板说着什么。老板戴着大眼镜，仰脸瞧着坂井的脸。宗助觉得这时候不方便打招呼，正打算悄然走过去，不料走到店前时，坂井恰好扭头朝马路张望。

“哎呀，昨晚多有打搅。您刚回来吗？”坂井很随意地跟他打招呼，宗助也不好冷淡地走过去，就放慢脚步，摘下了帽子。坂井好像已经办完了事，马上从店里出来了。

“想买什么东西吗？”宗助问。

“不买什么。”坂井回答，和宗助一道往家走。

“那个老头子，狡猾得很呢。他拿来一件华山[①]的赝品非

---

① 渡边华山（1793—1841），原名渡边定静，日本学者、政治家、兰学家、画家、幕末藩士。因受到幕府保守派迫害，自杀身亡。

要推销给我，刚才被我数落了一顿。”

宗助这时才发现，这位坂井也和那些闲人一样喜好字画。他心下暗想，前些天卖的那个抱一的屏风，要是先给这个人过过眼就好了。

“他对书画很懂行吗？”

“那家伙什么都不懂，何止是书画啊。你看他那个店里的东西就知道了，像样的古董一件都没有。他是卖破烂起家的，也难怪了。”

坂井对家具店老板的底细一清二楚。宗助曾听常去买菜的那家菜店老板说过，坂井家在旧幕府时代是做县官的，在这一带是最早的名门世家。宗助好像还听人家说过，幕府瓦解时，坂井家没有回骏府[①]去，又记得好像是回去后又回来了，反正记不太清了。

“那家伙从小就特别浑。他成了孩子头儿，经常跟人家打架。”坂井居然说了一句他们小时候的事情。可是当宗助问他，店老板为什么要把华山的赝品卖给他时，坂井笑了笑，告诉宗助：

“别提了，从我父亲那一代开始，就总是照顾他的生意，所以他什么都拿来兜售。可是他不但眼拙，还贪财，实在是个不好对付的家伙。就在不久前，我还从他手里买了个抱一屏风，让他赚了一笔呢。”

① 古地名。现在的静冈县静冈市。

宗助吃了一惊，但是不便打断坂井说话，就没有作声。坂井说，家具店老板从那之后更来劲了，不断拿些他自己也不懂的书画之类来推销，还把大阪烧制的高丽陶当成真货，宝贝似的供在店里。

坂井最后说：

“其实嘛，他那种店里，也就是去买些厨房用的饭桌啦、新水壶什么的还凑合。”

说话的工夫两个人走上了坡道。坂井从这里向右拐，宗助要往下去。宗助想同他一道再走一会儿，打听一下屏风的事，可是特意跟他一起绕远，也觉得不正常，就作罢了。临分开时，宗助问道：

“过几天，我想去府上打搅，可以吗？”

“欢迎啊。”坂井爽快地回答。

今天没有刮风，也见了会儿阳光，可是在家里待着，总感觉寒气袭人，阴冷难耐。阿米特意把宗助的衣服蒙在被炉上，放在会客间正中，等着丈夫回来。

入冬以来，大白天就开被炉，今天是第一天。虽说夜里早就开始用它了，不过总是放在六铺席房间里的。

“把这东西摆在会客间中央，今天是怎么啦？”

“没关系吧，反正也没有什么客人来嘛。因为六铺席房间里有小六，摆上它太挤了。”

宗助这才想起自己家里还有小六在呢。他叫阿米拿来暖和的棉布衣，给他套在衬衫外面，自己缠好了腰带，说：

“这边属于寒带，不开着被炉可扛不过去。”

小六住的那间六铺席，榻榻米虽说不算干净，可南边和东边都有拉门，是家里最暖和的房间。

宗助端起茶杯，喝了两口阿米沏的热茶后，问道：

“小六在吗？”

小六自然是在家的，但是六铺席那边静悄悄的，不像有人似的。阿米正要起身去叫，宗助阻止道“不用了，也没什么事”，马上钻进被炉下面躺着了。入口对着土堤的这个房间里，已是暮色葱茏，宗助枕着胳膊，漫然眺望着眼前昏暗局促的景色。阿米和阿清在厨房里干活的声音，仿佛是与自己不相干的邻居家传来的。不一会儿，屋里渐渐昏暗下来，只能看到白蒙蒙的拉门了。他仍然一动不动地躺着，不想唤人点上灯。

宗助从黑暗处出来，准备吃晚饭的时候，小六也从六铺席出来了，坐在了哥哥对面。阿米一边说着“忙得都给忘了”，一边站起来去关会客间的门。宗助本想提醒弟弟一句：“到了晚上，你嫂子太忙，你想着帮嫂子点上灯、关上门什么的。”可又一想，他刚搬来，说这些不愉快的话也不太好，就咽了下去。

等到阿米从会客间回来后，兄弟俩才拿起了饭碗。这时宗助才把下班回来的路上，在家具店前遇到坂井的事告诉了他们，还有坂井说的，从那个戴着大眼镜的家具店老板那里买了个抱一屏风的事。

“真的呀？”阿米愣愣地瞧着宗助的脸，“那肯定是咱家那个，错不了，就是咱家那个。”

小六起初没有插嘴，听了一会儿，渐渐明白了哥嫂在谈论什么，就问：

“到底卖了多少钱呢？”

阿米在回答小六之前，瞅了丈夫一眼。

吃完了饭，小六立刻回了六铺席，宗助仍然回到被炉边。过了一会儿，阿米也过来暖脚。然后，他们商量起了下个星期六或星期天，是不是到坂井家去看看那个屏风的事。

到了下个星期天，由于宗助照例贪睡了一周一次的懒觉，一上午就这么白白浪费掉了。阿米又诉说起头疼来，靠在火盆边上，什么都懒得做。如果六铺席屋子还空着，从早上她就可以一直在那里面待着。想到这儿，宗助觉得那个屋子给小六用，等于间接地取缔了阿米的避难所，觉得很对不住她。

“你要是不舒服，就去会客间铺好被褥睡一觉吧。”宗助这样建议，可阿米觉得不合适，没有听从。于是宗助又劝她：“打开被炉吧，我也想烤烤呢。”阿米这才吩咐阿清把被炉架子和大被子搬到会客间去。

在宗助起床之前，小六就不知去哪里了，早上没见到他人影。宗助也没有问阿米小六干什么了。近来宗助越来越觉得，涉及小六的事，自己提出问题，让阿米给出回答，实在难为阿米。有时他想，要是阿米跟他诉说对弟弟不满的话，自己或是说说她，或是劝解她，反而更好办一些。

到了中午，阿米也没有离开被炉。宗助考虑，索性让她踏踏实实地多躺一会儿，对身体有好处，就悄悄来到厨房，告诉阿清，现在要去土堤上的坂井家一趟。他在休闲服外面套了一件露出袖子的短斗篷，走出了家门。

也许是一直待在阴冷室内的缘故吧，来到街上后，宗助感到心情豁然开朗。肌肉因抗拒寒风而骤然紧张起来，这种寒冬的刺激使他感受到某种快感。宗助一边走一边想，阿米整天窝在家里也不太好，等到天气不这么冷了，要带她出来呼吸一下外面的空气，不然对健康有害。

一走进坂井家的大门，宗助就看到玄关和厨房门之间的篱笆墙上，挂着个和寒冬不大协调的很显眼的红色东西。宗助走到跟前仔细一看，原来是一件给布娃娃穿的小睡衣。怕它掉下来，用细竹条穿在衣袖里，挂在扇骨木条上，一看就是女孩子的把戏，巧妙之极。姑且不说正是喜欢调皮捣蛋的女孩儿了，连小孩子都没有养过的宗助，站在这件寻常晾晒着的红色小睡衣跟前，陶醉地看了半天。他回想起二十年前，父母为死去的妹妹搭起的红色玩偶梯形架，奏乐五童子，精美的干点心，还有似甜实辣的白酒。

坂井的佣人说，主人在家，正在吃饭，请他稍等片刻。宗助刚一落座，就听到隔壁房间里，晒小红睡衣的女孩子们叽叽喳喳的说话声。女佣送来了茶水时，一拉开隔扇，就有四只大眼睛正从隔扇里偷窥宗助呢。女佣端来火盆时，从四只大眼睛后面，又露出另一张小脸。也许是因为宗助第一次到这里来吧，隔扇每次拉开，探出来的小脸都不同，他简直搞不清这家里到底有多少小孩子了。好容易女佣做完这些事，退了出去，又有个孩子把隔扇拉开一寸的缝隙，只将黑亮的眼珠贴在缝隙里瞅着他。宗助也觉得很有趣，招了招手，隔扇哗啦一声关上了，里面三四个孩子一齐嘎嘎笑起来。

然后，只听一个女孩子说：

“好吗，姐姐还是跟以前似的，当姑妈玩儿吧。”

好像是姐姐说：

“好，今天我当西洋人阿姨，小东作当父亲，就叫他‘papa’，雪子当母亲，所以叫‘mama’。好吗？” 这时又一个声音乐滋滋地笑着说：“太好笑了，叫我mama。”

“可我每次都当奶奶的。奶奶也不能没有洋名字呀，奶奶叫什么好呢？”一个孩子发问。

“奶奶还叫‘baba’好吧。”姐姐又说。

接下来孩子们就说起了互相寒暄的话。

“有人在家吗？”“您是哪位？”其间还夹杂着丁零丁零模仿电话铃声。这些声音，宗助听起来特别新鲜有趣。

这时，听到有人从最里面走来，好像是房东到这边来了。他一走进隔壁房间，就对孩子们说：

“好了，你们不要在这里吵闹啦，到那边去玩儿吧，有客人。”

“不嘛，爸爸，不给我买大马，我就不走。”有个孩子说。这是个小男孩儿的声音。也许是年龄太小，话还说不清楚，所以，想要反抗命令，也格外费劲，宗助听着颇觉有趣。

房东进来坐下后，抱歉地说让宗助久等了，在他寒暄这工夫，孩子们都到别处去了。

“真是热闹啊，小孩子太可爱啦。”宗助照实说出了自己刚才的感受。房东似乎理解成了客气话，不好意思地解释道：

“见笑，见笑，吵得要命啊。”

以此为话头，房东对宗助讲起孩子们淘气得让人头痛的一些事。比如在漂亮的中国式花篮里装满煤球，摆在壁龛里；在他的高鞠靴子里灌满水，把金鱼放进去等等，宗助简直闻所未闻。不过，由于女孩子多，买衣服的花销也多，出去旅行两周回来，就发现她们的个头都长高了一些，就好像被她们催赶着似的。再过几年，就得忙着给她们准备嫁妆了，说不定会被搞得一贫如洗呢。听到房东这些诉说，没有孩子的宗助并不能产生任何同情，房东虽然为孩子多而叫苦连天，脸上却丝毫看不出以此为苦的样子，反倒让宗助十分羡慕。

看看闲谈得差不多了，宗助向房东提出，能否让他看看前几天说起的那个屏风。房东马上拍了拍手，叫来女佣，让她把收藏在仓库里的屏风搬出来，然后对宗助说：

“两三天之前还摆在外面呢。可是这些孩子觉得好玩，专门跑到屏风后边淘气。我怕万一被他们弄坏可糟糕了，就收了起来。”

宗助听房东这么一说，觉得又烦劳人家把屏风搬出来，心里过意不去，一方面也嫌麻烦。实际上，他的好奇心并不那么强。一旦归他人所有的东西，即便确认了曾经是自己的，或者不是自己的，也没有任何意义。

不过，屏风还是按照宗助的要求，很快从里面搬到了檐廊上来，放到他的面前。果然不出所料，正是前几天放在自家会客间里的那个物件。得到证实之后，宗助的头脑里也没有多么激动，只是看到这屏风被置于这样的环境里——榻榻米的颜色、天花板的木纹、壁龛里的摆设、隔扇的图案等等——进而想到两个女佣小心翼翼地把它从仓库里搬出来，宗助只觉得这屏风比在自己家里时，摇身一变，成了身价高出十倍的贵重藏品。他一时间想不出该说什么，只是一味地将毫不觉得新奇的目光投在这件熟悉的东西上。

房东误认为宗助懂得些古玩。他站在旁边，手放在屏风的边框上，来回看着宗助的脸和屏风，见宗助迟迟不作评论，便说明：

“这可是个真东西。真东西就是不一样啊。”

“说得是啊。”宗助只是附和。

然后，房东走到宗助背后，指指点点地品评起来。比如“不愧是名家，不惜使用优质颜料，是这位画家的特色，所以色彩极美”之类。这些话，宗助虽然是初次听到，但也知道里面夹杂着不少一般人都知道的知识。

宗助找了个时机，客套一番后，便回到原来的座位上。房东也重新在坐垫上坐下。接下来，他谈起了“山野行路”这句题诗和书法如何如何来。在宗助看来，房东对书法和俳句都很感兴趣。给人感觉是个对什么都很懂的人，也不知他什么时候在脑子里储存了这么多知识。宗助自愧不如，只好尽量不谈己见，一心倾听对方高谈阔论。

房东见客人对这方面好像缺乏兴趣，便将话题再次拉回到藏画上来。他热情地提出：“虽说没有什么像样的藏品，如果你想看，我可以把自己收藏的画帖和挂轴拿出来给他欣赏。”宗助不能不谢绝他的一片好意。接着他先说了句“不好意思”，然后问房东，买下这个屏风花了多少钱。

“这算是捡了个漏吧，八十元就买下来了。”主人立即回答。

宗助坐在房东面前，犹豫着要不要把屏风的事坦言相告。突然间觉得照实说出来，也算是一乐，终于把来龙去脉一五一十地细说了一遍。房东听的时候，惊讶得不停地说着“是吗，是吗”，听完后说道：

“这么说，你不是因为喜欢书画才来看屏风的了?”问完，又自己呵呵笑了起来，觉得误解了宗助的来意，倒是件有趣的事情。他还说，早知道是这样，直接从宗助手里买就好了，真是可惜。最后，他大骂巷子里的那个家具店老板“真是个可恶的家伙”。

从这件事开始，宗助和坂井就亲近起来了。

10

佐伯婶婶和安之助后来都很少到宗助家来了。宗助当然也没有时间去麹町，更没有那份兴致。两家虽说是亲戚，却好像分别生活在两个太阳底下似的。

只有小六偶尔去佐伯家探望，但也不是多么频繁。而且他每次回来，一般都不对阿米说起婶婶家的情况。阿米甚至怀疑小六是故意这样的。但她不觉得自己家对佐伯家有什么特别的利害关系，听不到婶婶那边的动静，反而更自在。

即便这样，那边的情况阿米也经常从小六同他哥哥的聊天中听到一些。大约一个星期之前，小六对哥哥说，安之助又投入了将新发明应用于实际的研究，据说是不使用油墨，也能印出清晰印刷品的，一听就是那种特别稀罕的机器。这个话题是跟自己毫无关系的难懂的事情，因此阿米照例没有插嘴。但是宗助毕竟是个男人，自然生出几分好奇，一再追问弟弟，到底采用的是什么技术，能够不用油墨就进行印刷。

没有这方面专业知识的小六，当然给不出精确的回答。他只是把安之助对他说的话，尽可能一字不落地学说一遍。小六说，这种印刷术是最近英国发明的，说到底就是利用的电能，将一个电极连接铅字，另一极连接纸张，只要将纸面压在铅字上，就能印出来了。“颜色一般是黑色，但根据操作时轻重不同，也可以印出红色和蓝色的。所以在彩色印刷时，可以节省颜料干燥的时间，仅此一点就非常有意义。如果应用于报纸印刷，还可以节约油墨和油墨滚筒，总体来说，至少可以节省传统印刷的四分之一工序，可见这是个很有发展前景的研究。”小六这样重复安之助的原话。听他的口气，安之助似乎对这个很有前途的研究已经稳操胜券了，而且在这不可估量的安之助的未来之中，仿佛也包含着同样不可估量的自己的未来一般。小六的眼睛熠熠生辉。

宗助仍旧像平日那样，表情平静地听弟弟讲述，听完之后，也没有进行什么像样的点评。因为这样的发明，在宗助看来，既像是真的，又像是假的，在它得到广泛应用之前，他不知该表示赞成还是反对。

“这么说，松渔船已经停了？”一直没有说话的阿米这时开口问道。

“没有停，但是听说那个发动机费用太高，虽然便利，也不是谁都能够制造出来的。”小六回答。他的口吻好像是站在安之助的立场说话似的。三个人又谈了一会儿，最后，宗助总结了一句：

"看来，不管干什么，都不是那么轻而易举的啊。"

"像坂井先生那样的有钱人，成天无所事事的，真不错啊。"阿米说。小六听了，没有再说什么，回自己房间去了。

通过这样的机会，佐伯家的消息时常传到夫妇俩耳朵里一些，而除此之外，更多的时候，他们对于彼此的生活状况一无所知。

有一次，阿米这样问宗助：

"小六弟每次到阿安那里去，都会得到零花钱吧？"

一直以来，宗助对小六不是太关心，突然听阿米这么问，立刻反问道：

"为什么这么说？"

阿米犹豫了一下，告诉丈夫：

"因为，最近小六常常喝了酒回来呀。"

宗助笑道：

"也说不定是阿安为了给小六讲那个新发明如何如何赚钱什么的，请他喝酒吧。"这对话就到此为止了。

第三天晚上，过了吃晚饭的时间小六也没回家。夫妇俩等了一会儿，宗助说"我饿了"，阿米顾忌小六，劝丈夫说："你先去洗个澡，拖一会儿再吃吧。"宗助也不顾阿米劝阻，开始吃饭了。阿米对丈夫说：

"你得劝劝小六弟，别老喝酒了。"

"他喝的有那么多吗？要我去跟他说？"宗助觉得有些意外。

阿米不得不辩解说，倒也没有这么严重，只是有些担心，要是赶上家里没有人的时候，他大白天喝醉了回来可不好办。宗助没有特意跟小六提这事，但心里不禁怀疑："小六果真会像阿米说的那样，从哪里借了钱，或是用谁给他的钱，喝起没什么瘾的酒来了？"

渐渐到了年底，黑夜开始占据了每天的三分之二，几乎天天刮风，听着那呼呼的风声，给生活平添了阴郁之气。小六不能继续忍受一天到晚待在六铺席房间里了。他越是平静地思考，越感到内心空虚，坐立不安起来。可又不愿意去餐室和嫂嫂聊天。没办法，只好外出，轮番到一些朋友家去玩儿。起初，朋友还是像过去那样，聊些年轻学生感兴趣的趣闻。可是，这些可聊的都聊完了，小六仍照来不误。于是朋友们开始议论，小六是太无聊了才来玩儿的，所以老是沉浸在那些陈芝麻烂谷子里。有时候，朋友故意做出忙于准备功课和研究学问的样子给小六看。被朋友看作无所事事的人，令小六很不愉快，可是待在家里，也根本没心思读书或是思考。总之，像小六这个年龄的年轻人，为了爬上人生的阶梯，正是应该努力学习，奋力前行的时候，他却由于内心的彷徨，或外来的束缚，什么也干不下去。

不过，有时候冷雨潇潇，或是积雪融化后的道路泥泞不堪，小六怕淋湿了衣物，或是弄脏了鞋袜，还得洗晒等等，即便再闷得慌，也不外出了。每当碰到这样的天气，他就显得焦躁不安，常常从自己房间里出来，悄悄坐在火盆旁边，自己倒杯茶喝。如果阿米在火盆旁，二人便自然地聊上几句家常。

"小六兄弟爱喝酒吗？"阿米曾经问他，还问过他："快到新年了，你能吃几碗煮年糕？”

随着这种日子逐渐增多，两个人一点点儿亲近起来了。后来，小六竟开口请阿米帮他缝缝补补了。阿米从小六手里接过碎白点短外褂，缝补袖口的破绽时，小六就等在阿米身边，盯着嫂嫂飞针走线的手。要是丈夫坐在旁边，以阿米的习惯，她会一直默默地做针线活儿，可换作小六，她就不能不说话了。所以每当这个时候，她就勉强自己多说话。小六动不动就谈起自己的将来该怎么办，聊天的内容，也就多围绕着小六的前途。

“不过小六弟，你还这么年轻，不管想做什么，都来得及呀。到了你哥哥的年龄，再悲观也不晚哪。”

阿米这样开导过小六两次了。第三次，她问道：

“阿安不是说，明年帮你想想办法的吗？”

“这个嘛，安哥的计划要是能像他说的那样顺利，当然没有问题了。可是，仔细想想，我总觉得不太靠谱。松渔船好像也赚不到什么钱。”小六显得心里没底。

看着小六闷闷不乐的样子，阿米联想起他常常带着一身酒气回家，脸上现出不知从何而来的焦虑不安，又愤愤不平的神情，与此时的小六两相比较，阿米觉得他又可怜又可笑。当时，阿米出于真心的同情对他说：

“说实在的，你哥哥只要有了钱，无论如何总要尽力帮助你的。”

那天傍晚，小六又裹着斗篷出去了。八点多回来后，在哥嫂面前从袖口里拿出一个白色的细长纸袋，说：“天太冷，想做荞麦饼吃，从佐伯家回来时，买了荞麦面。”在阿米坐开水的工夫，他说要做卤汁，不停地刨松鱼干。

当时，宗助夫妇听小六说，安之助的婚期推迟到明年春天。这门亲事是安之助刚刚毕业时提起的，所以小六从房州回来后，婶婶拒绝继续给他提供学费的时候，婚事已经进展得差不多了。由于佐伯家没有正式通知，宗助不知道是什么时候谈妥的。只是通过常去佐伯家的小六，多少知道一些进展，估计他们可能年内完婚。新媳妇的父亲是公司职员、家庭条件很优裕、她上的学校是女学馆、家里兄弟很多等等，也都是从小六那里听说的。只有小六知道她长什么样子，虽然只看过她的照片。

“模样好看吗？”阿米问。

“算是好看吧。”小六回答。

这天晚上，三个人一起吃荞麦饼的时候，安之助年内为什么不举行婚礼成了话题。阿米猜测大概日子不吉利吧，宗助认为是离年底没有几天了，时间太紧张的缘故。小六有其独到见解：

“我看还是因为要置办些东西吧。听说女方家里很讲排场，婶婶也不能办得太寒酸了。”小六还是第一次说出这样世故的话来。

11

阿米感觉身子不舒服，是在秋天过半，红叶日渐变得红黑、枯萎起来的时节。在京都的时候另说，无论在广岛还是福冈，阿米都不曾健康无恙地生活过，在这一点上，即使回到东京以后，依然不能说是幸福的。大概是故乡的水土也跟自己不合吧，越是这样想就越觉得可疑，有一阵子阿米为此很苦恼。

直到最近，她才渐渐地不那么烦恼了。而且一年之中，宗助让她操心的事也比以前少多了，白天丈夫去上班，阿米能安心地待在家里了。所以今年秋末，到了寒风瑟瑟、吹过薄霜的时节，阿米虽然又感觉不太舒服，也不以为苦。起初，她连宗助也没有告诉。直到宗助发现了，劝她看看医生，但她也并没有去。

就在这个当口，小六搬来了。不愧是做丈夫的，宗助对那时阿米的身体情况、精神状态，都看得很清楚，因而他不愿意家中增加人口，变得纷乱嘈杂，可又无可奈何，除了顺其自然，也想不出别的好办法。他只能嘴里说些“你要安心静养”这样自相矛盾的话，来劝慰阿米。

“我没事。”阿米微微一笑，得到这回答，宗助更加不安了。然而自从小六搬来之后，阿米的心情就一直紧绷着。也许是自己的责任稍一增多，她的神经就会变得紧张吧，阿米对丈夫和小六的照顾，反而比以往更加无微不至了。对此小六当然体会不到，可宗助很清楚阿米比往日多付出了多少辛劳。他对自己这位贤惠的妻子，发自内心地涌出感谢之情，同时也不无担忧，只怕阿米总是这样精神紧张，会给她的身体造成无可挽回的后果。

不幸的是，这一担心在十二月二十日后，突然变成了现实，就像点燃了自己预感的恐怖一般，宗助惊慌失措起来。那一天，天色黯淡无光，从早上开始就阴云层叠，浓重的寒气终日盘踞在人们头上。阿米头天晚上又没有睡成，她忍受着昏昏沉沉的脑袋，爬起来操持家务。每当站起来或走动时，她虽然感觉脑子有些疼痛，可比起躺在床上脑子清醒地忍受痛苦，反而要好受一些，也许是受到比较明朗的外界刺激，分散了注意力吧。她想，只要忍过这一会儿，把丈夫送出门之后，疼痛就像以往那样挺过去了。然而，宗助走了以后，如同她觉得自己的义务告一段落，松了一口气一样，浑浊的天气开始攻击阿米的脑袋了。仰望天空，犹如冻结了似的，待在家里，寒气不断从阴暗的窗户纸渗透进来，阿米的头却烧得越来越热了。她只得把早上收起来的被子重新拿出来，铺在会客间里躺下来。即便这样还是难受得不行，又叫阿清拧了湿毛巾，敷在额头上。毛巾很快就变热了，便让阿清把脸盆端到枕边来，反复拧一把凉毛巾换一换。

整整一上午，阿米都是用这个土办法，不停地冷敷额头，可一直也不见好转，阿米哪里有精神起来，陪小六一起吃饭。她吩咐阿清给小六做好饭端给他，自己仍旧躺在床上；还叫阿清把丈夫平时用的柔软的捆枕[1]拿来，换掉了硬枕头，就连女人最在意的发型，阿米都顾不上了。

小六从六铺席房间出来，将隔扇拉开一条缝儿，看了一眼阿米，见阿米半侧身对着壁龛，闭着眼睛，以为她睡着了，就没有说话，又悄悄把隔扇拉上了。然后，他一个人占据了大饭桌，狼吞虎咽地吃起了茶泡饭。

到了下午两点左右，阿米终于迷迷糊糊地睡着了。醒来时，额头上敷的湿毛巾已经快干了，变得热乎乎的，脑袋倒是感觉轻松些了。她只是觉得从肩膀到后脊梁，又新添了沉甸甸的感觉。阿米怕不打起点儿精神来，对身体更不好，便自己爬起来，吃了几口过了点的午饭。

“觉得好点儿吗?”阿清一边伺候她吃饭，一边问个不停。阿米觉得好多了，让阿清收起被褥，靠近火盆坐着，等着宗助回来。

宗助准时回来了。他告诉阿米，神田大街上家家店铺都打

---

① 里面塞了棉花或荞麦皮，两头捆住的枕头。

出旗子，开始岁末大减价了；劝工场挂起了红白条幅，雇了乐队吹吹打打，招徕顾客，最后怂恿阿米说：

“街上可热闹呢！咱们去看看热闹吧。坐电车去，一点儿都不累。”可是他自己的脸，就像被寒气腐蚀了似的，通红通红的。

见宗助这样给自己宽心，阿米不忍心把自己身体不舒服的事告诉丈夫，而且现在感觉也不是那么难受了。她做出一如平素的平静表情，替丈夫换衣服，叠好西装，共度夜晚。

可是，快到九点时，阿米突然对宗助说：

“我感觉不大舒服，想先睡了。”

由于她的语气像平时一样温柔，宗助听了有些惊讶，但阿米肯定地说：“没什么大不了的。”宗助便放了心，让阿米马上去休息。

阿米躺下后，宗助听着耳旁水壶的呲呲响声，面对着圆芯油灯照亮的静夜，独自坐了约莫有二十分钟。他脑子里浮出关于明年给政府普通职员增加薪俸的议论，又联想起“在加薪前会进行改革或裁员”的传闻。他不知自己是否会被裁掉，也不清楚自己将何去何从。而且遗憾的是，把自己推荐到东京来的杉原，现在已不在本部门当科长了。来东京以后，宗助竟然没有生过一次病，也就是说还没有请过病假。由于他中途退学后几乎不读书了，所以学问不如别人，但他的头脑不算笨，现在的工作还是能够胜任的。

综合各方面的情况考虑，宗助断定自己不用担心被裁掉。他用手指轻轻地敲了敲水壶边。这时，会客间传来阿米痛苦的声音：“你来一下。”他猛地站起身来。

宗助来到会客间一看，阿米眉头紧锁，右手摁着自己的肩膀，被子已经掀到胸脯以下。宗助机械地伸出手，按在阿米的手上面，使劲儿捏住了骨头。

“再往后边一点儿。”阿米忍着痛指点。宗助找了两三次，才摁在了阿米的痛点上。他用手指一摁，感觉在脖颈和肩膀之间靠近后背的部位，硬得像石头一样。阿米要他使出浑身力气摁住那里。可是宗助累得额头上直冒汗，还是达不到阿米要求的力度。

宗助记得这种病，以前的说法是“快马肩”。小时候他听祖父讲过一个故事，从前有一个武士，骑着马去什么地方的途中，忽然得了这种病，他当即跳下马，拔出匕首，割破肩头，把血放出来，才保住了性命。这个故事此时清晰地浮现在他的记忆之中。“这可麻烦了。”他不禁紧张起来，不知该不该用刀割破肩膀来治疗。

阿米不知何时发起烧来，连耳朵都烧红了。问她“觉得头热不热”，她痛苦地回答说“热”。宗助大声叫阿清把冰袋灌了冷水拿来。不巧家里没有冰袋，阿清就像早晨那样，把毛巾浸在脸盆里端来了。阿清给阿米冰额头的时候，宗助仍然拼命摁住她的肩头，不时问她“好些没有”，阿米只是声音微弱地回答“还是难受”。

宗助慌了神，他真想亲自跑去请医生来，又不放心家里，一步也不敢离开。

“阿清，你马上到街上去买个冰袋，再请个医生来。现在还不太晚，应该还没睡下。”

阿清立刻站起来，看着餐室的挂钟，一边说着“现在九点一刻”，一边绕回厨房门口，正找木屐时，恰好小六从外边回来了。他照样没有跟哥哥打招呼，就要进自己房间。宗助大声喝道：“小六，过来！”小六在餐室踌躇了一会儿，听到哥哥又大声连着叫了他两次，只得低声答应，从隔扇探头进来。他脸上醉意朦胧的，连眼睛都是红的。他向里面仔细一看，才吃惊地问：

“嫂子怎么了？”看他的表情，醉意似乎一下子醒了。

宗助对小六重复了一遍刚才吩咐阿清的事，催他赶紧去办。

小六连外套都没有脱，去了玄关，又马上回来说：

“哥哥，去请医生的话，就是再快也得些时间，不如借用一下坂井先生的电话，请他马上来一趟。”

“好的，你就这么办吧。”宗助回答。

直到小六回来之前，宗助多次叫阿清更换脸盆里的水，自己则不停地拼命按压揉搓阿米的肩膀。他不忍心看着阿米痛苦不堪的样子，自己什么也不做。这样至少可以缓解一下自己的紧张。

对于此时的宗助来说，每分每秒都是那么难熬，他只盼望医生快快到来。他一边给阿米揉着肩膀，一边留心听着外边的动静。

终于把医生等来了，此时宗助的心情有如拨云见日一般。医生毕竟是干这行的，一点儿也不慌张，把折叠皮包拉到身旁，慢悠悠地，像是给慢性病人看病似的检查起来。也许是在旁边看着他那副从容不迫的神态，宗助的焦急情绪也平静下来。

医生嘱咐宗助给病人做一些应急处置：在疼痛部位敷芥末、用热毛巾暖脚，以及用冰给头部降温。然后，他自己搅拌芥末，从阿米的肩部一直贴到脖根。阿清和小六负责用湿毛巾暖脚。宗助将冰袋放在阿米额头的手巾上。

这样忙活了足有一个小时。医生说："先观察一会儿我再走。"便在阿米的枕头旁坐下来。虽说也不时交谈几句闲话，但基本上是和宗助两个人默默地观察阿米的情况。像平常一样，夜渐渐地深了，四周静悄悄的。

"夜里真冷啊。"医生说。

宗助觉得过意不去，便仔细询问了其他注意事项后，请医生尽管放心地回去。因为此时阿米的病情比刚才轻多了。

"看样子不要紧了。我给她开一服药，今晚吃下去看看。夜里就会睡安稳的。"说完医生就走了。小六马上跟着医生出去了。

小六出去买药的时候，阿米看着枕头旁边的宗助问："现在几点了？"

和日落时不同，她脸上的血色褪去，在油灯映照下，更显得苍白。宗助以为是黑发散乱造成的，特意给她理了理鬓角。

"感觉好些了吧？"他问。

"嗯，舒服多了。"阿米露出像平常一样的笑容。即使在疼痛难忍的时候，她也不会忘记对宗助微笑。从餐室里传来阿清打呼噜的声音。

“就让阿清睡会儿吧。”阿米对宗助说。

小六抓药回来了。宗助遵照医嘱给阿米服完药后，已经快十二点了。服药后不到二十分钟，阿米便香甜地睡熟了。

“这药还挺管用。”宗助望着阿米的脸说。小六也看了嫂嫂一会儿，应和道：“已经不要紧了吧。”兄弟二人把冰袋从阿米额头上拿了下来。

小六回自已屋去了。宗助在阿米身旁铺好被褥，像每天一样躺下了。五六个小时后，冬夜夹裹着刺骨的寒霜，天逐渐放亮了。又过了一个小时，染红了大地的太阳高高升上了晴空万里的蓝天。阿米还在酣睡。

直到吃过早饭，宗助该去上班了，阿米仍然没有醒来。宗助在妻子枕旁，弯下身子倾听她均匀的呼吸声，犹豫着是请假还是去上班。

12

整个上午，宗助虽然照常在办公室里做事，但昨晚的光景总是在眼前闪现，不自觉地惦记起了阿米的病，工作也心不在焉的，有时还出了不该有的差错。好歹熬到中午后，他索性请假回家来了。

坐在电车里，宗助满脑子想的都是阿米，她是几点醒的？醒了之后感觉好多了吧？不会再次发作吧？差不多都是往好的方面想。和平日不同，这个时段乘客非常少，宗助几乎不需要顾忌周围的干扰。他随心所欲地看着头脑中浮现出来的一幅幅的画面，不知不觉间，电车已经到达了终点。

走到家门口时，感觉家中非常安静，好像没有人在家似的。他拉开格子门，脱了鞋，走进玄关，也不见有人迎出来。宗助没有像平时那样，从檐廊到餐室去，而是拉开第一个隔扇，径直走进阿米躺着的房间，看见阿米依然在睡觉。枕边的朱漆盘子里放着药袋和玻璃杯，杯子里有半杯水，这些都和自己早晨走的时候完全一样。阿米面朝着壁龛，能略微看到她的左脸和贴有芥末的脖颈，这也和早晨一个样子。除了呼吸声之外，与现实世界毫无交涉似的沉睡着，也一如早晨看到的那样。眼前的一切，和早晨自己离开家时看到的情形毫无二致。宗助没有脱外套，便俯下身子，听了一会儿阿米有节奏的鼻息，看起来阿米一时半会儿还醒不过来。宗助掐指算了算昨晚阿米服药以后到现在的时间，脸上渐渐露出不安的神色。昨晚担心她不能安睡，可是现在看她这样久睡不醒，宗助又疑心她这样昏睡，是不是有什么异常。

宗助隔着被子，轻轻地摇了摇阿米。阿米的头发在捆枕上像波浪起伏般晃动了几下，依然酣睡不觉。宗助穿过餐室来到厨房，看见水槽里饭碗和汤碗还浸泡在小桶里没有洗。他去女佣房间一瞧，阿清对着面前的餐盘，伏在饭盆上睡着了。宗助又拉开六铺席的门，探头进去一看，小六也把被子蒙在头上呼呼大睡呢。

宗助没有叫阿清，自己换了衣服，又把脱下的西装叠好放进壁橱里。然后往火盆里添了炭，等火旺起来，准备烧壶开水。他靠着火盆想了几分钟后，站了起来，先去喊醒小六，接着又喊醒了阿清。两个人都是从睡梦中惊醒，一跃而起。宗助问小六，阿米从早晨到现在的情况。小六说："我实在太困了，十一点半吃过午饭就睡着了，不过嫂嫂上午也一直在熟睡。"

"你马上到医生那儿去一下，问问他，病人昨晚服了那服药后就睡了，直到现在都没醒，不会有什么问题吧？”

“好的。”

小六转身就出去了。宗助又回到房间，端详着阿米的脸，抱着胳膊直发愁，担心不叫醒她，对她不好，可把她叫醒呢，又怕对她休息不利。

不大工夫，小六回来了。他说，医生正要出诊，听到小六这么一说，就回答：“现在去一两户人家出诊后，马上就去府上。”宗助又问小六：“在医生来之前，就让她一直睡着，不要紧吗？”小六只是说：“医生只说了这些。”宗助也只好回到枕边，像刚才那样袖手而坐。他心中不禁埋怨医生和小六都太冷漠了。他想起昨晚照看阿米时，醉醺醺回来的小六，更觉不快。小六喝酒的事，还是阿米告诉他的，后来注意观察弟弟的举止时，发觉他的确有些玩世不恭的样子，考虑着得找个时间跟弟弟深入谈一谈，可是又可怜阿米，怕她看到兄弟二人脸色不悦会难过，所以一直拖到今天都没有谈。

“要跟他谈，就得趁着现在阿米睡觉的时候。不论兄弟俩谈得多么剑拔弩张，也不用担心刺激到阿米。”

虽然这么想，可是一看到昏睡不醒的阿米，宗助又担心起她的病来，很想马上叫醒她，就这样犹豫来犹豫去的，不知如何是好。就在这时，终于把医生等来了。

医生又把昨晚那只折叠皮包轻轻拉到自己身边，一边慢悠悠地抽烟，一边频频点着头，听宗助说完后，“我来看看吧”，他说着转向了阿米。他像平常那样给病人切脉，长时间地盯着自己的手表。然后又把黑色的听诊器放在病人的胸部，一边移动，一边仔细听着。最后，他拿出一只有圆形小孔的反射镜来，让宗助点上一支蜡烛。家里没有蜡烛，宗助就叫阿清点了油灯端来。医生拨开还睡着的阿米的眼睛，仔细将反射镜聚焦眼底查看后，就算看完了。

“药效有些过头了。”医生说着转身面对宗助，看到宗助的目光时，马上又解释道：“请不要担心。这种情况，如果有什么不好的后果，肯定会影响到心脏和脑子的。但是从刚才的检查来看，都没有发现什么异常。”

宗助听了，揪着的心才落了地。医生还说，他开的安眠药是比较新的药，从药性上说，没有其他安眠药的副作用，而且这种药因病人体质的不同，药效有很大差异等等。医生临走时，宗助问：

“这么说，她想睡多久，就让她睡多久，也没有关系吗？”

医生告诉他：“没有什么事的话，不用特意叫醒她。”

医生回去之后，宗助忽然感觉肚子饿了。他到餐室去，刚才坐在火上的水壶已经滚开了。他叫来阿清，让她把饭端来。阿清为难地回答：“还没有做呢。”可也是，吃晚饭还得等一会儿。宗助便舒舒服服地在火盆旁边盘腿坐下，就着腌萝卜，一口气吃了四碗泡饭。又过了约莫三十分钟，阿米自己醒来了。

13

快过年了，宗助想要理个发，这才跨进久违的理发店的门。也许是因为年关将近，顾客盈门，他同时听到从两三处传来“嚓嚓”的剪发声。由于宗助刚才看到了街头人们急于赶走寒冬，早日迎来新春的景象，所以这“嚓嚓”剪刀声，也变成十分忙碌的声音，敲打着他的耳膜。

宗助坐在火炉旁抽着香烟等候理发的时候，感觉自己就像个不由分说被卷入与己无关的巨大社会里，不得不过这个年的人。对于近在眼前的新年，宗助并不抱有什么新的希望，然而在周边气氛的诱惑下，也莫名其妙地心神不宁起来。

阿米的病总算没有大碍了。眼下宗助照常去上班，也不需太担心家里的事了。虽说和别人家比，自家人少，迎接新春不算多么费神，可对阿米来说，却是一年一度最繁忙的时候，所以，宗助以为阿米会不循惯例，过个比往年更简单的新年。他看到妻子那死而复生般身姿楚楚时，犹如可怕的悲剧暂时退却了一步时那样松了一口气。但是，天知道这悲剧还会在什么时候，以何种形式来捉拿自己的家人呢？这隐隐的担忧，如一团迷雾笼罩在宗助的脑海里。

一到岁暮，那些喜好热闹的人们，仿佛要将年根儿那几天往前推进似的忙得不可开交，看到这景象，宗助更感到莫名的恐惧。可能的话，他宁愿一个人留在阴暗的寒冬腊月里头不过年。终于轮到宗助理发了，当他从冷冰冰的镜子里看到自己的面影时，忽然认不出是何许人了。他的脖子以下都被雪白的布罩住，全然看不见自己身上衣服的色彩和条纹了。这时，他又从镜子里看到理发店老板的鸟笼子，小鸟正在鸟笼子里的细横梁上来回跳动着。

理发师最后给宗助的头上抹了香气袭人的头油，大声说着客套话，送他出了店门。来到外面后，宗助的心情变清爽了。他走在寒冷的街头时不自觉地感叹，还是听了阿米的劝，来理了发，收到了精神焕发的效果啊。

宗助想起关于自来水交税的事，需要去跟坂井了解一下，就顺便去了坂井家。女佣出来，对他说了声“请这边来”，宗助以为还是领他去会客间，没想到穿过会客间，一直来到餐室。看到餐室的隔扇拉开了两尺宽，里面传出三四个人的说笑声。坂井的家里总是这么有人气。

主人正坐在擦得锃亮的长火盆对面，他的妻子远离火盆，靠近檐廊的格子门坐着，也面朝着火盆这边。男主人身后是镶嵌在细长木框里的挂钟。挂钟右侧是墙壁，左侧是橱柜。在裱糊字画里，有石碑拓片、俳画、扇面等等。

房间里除了房东和他的妻子外，还有两个女孩子穿着同样花色的窄袖罩衣，肩挨着肩坐着。一个十二三岁，一个十来岁的样子。两人都将一对大眼睛投向从隔扇后面进来的宗助，她们眼角和嘴边仍残留着笑。宗助环顾室内，看到除了这家人之外，还有一个奇特的男人，规规矩矩地坐在最靠近门口的地方。

宗助坐下来，不到五分钟，就明白了刚才的笑声是由这个奇妙的男人和坂井家人对话引起的。此人的红头发上沾满灰蒙蒙的尘土，皮肤晒得黑黝黝的，仿佛一辈子都不会褪色。他穿着瓷纽扣的白布衬衫，从硬邦邦的粗布棉袄领子上，挂了一条钱包带子那样长长的圆结。看他这副打扮，就知道是个很少来东京的偏远山村的人。天气这么冷，此人却露出膝盖，不时地抽出别在褪色的小仓[①]腰带里的手巾，擦一擦鼻子下边。

“这位是从山梨县来的，是背着布料到东京来贩卖的。”

房东坂井这样介绍，那男人立刻转向宗助，向他推销：

“这位老爷，请买些布吧。”

怪不得摆了一地的丝绸、绉绸和白绸呢。此人的穿着和说话虽然很怪，却背着这么多高级布料行商，令宗助觉得十分诧异。房东太太解释说，这位卖布的人住的村子，只有火烧石，种不出来水稻，也产不出小米，没办法只好种桑养蚕了。那地

① 旧地名。现在已合并为北九州市，以出产粗布闻名。

方实在是贫穷，只有一户人家有挂钟，能上高小的只有三个小孩子。

“听说，只有他一个人识文断字呢。”房东太太笑道。于是卖布的也认真地证实了房东太太的话。

“这可是真的，太太。除了我，没有人能认字算数了，我们那地方，穷得鸟都不拉屎啊。”

卖布的男人把各种布料一一拿到房东和太太眼前，反复絮叨着：“请买点儿吧。”房东说：“你这也太贵了，得给我再便宜点儿呀。”跟他讨价还价起来。他操着怪腔怪调的乡下土话回答：“本儿都不够哩！”还说：“求您老爷啦，就这个价儿得啦！”又说：“您瞧瞧这布料，沉甸甸的噢。”只要他一说话，大家就哈哈一阵大笑。房东夫妇看来也有闲工夫，一直和卖布的逗乐。

“卖布的，你背着这么重的货出来卖，到了吃饭的时候，还是得吃饭吧？”房东太太问。

“不吃饭哪成啊，饿肚子可受不了。”

“那你一般上哪儿去吃呢？”

“您问去哪儿吃？当然是茶屋[①]了。”

主人笑着问他，茶屋到底是什么地方。卖布的回答，能吃饭的地方就是茶屋。他还说，来东京之后，觉得米饭特别香，要是放开肚皮吃，哪家旅店也受不了，一天吃上三顿的话，真

---

① 在这里指给客人提供饮食或游乐的人家。

是对不住人家。他这么一说，又把大家逗乐了。

最后，卖布的总算给房东太太推销了一匹捻绸和一匹白绫罗。宗助看到在这个处处花钱的岁末，竟有人有闲钱买夏天才穿的绫罗，感叹有钱人就是与众不同。

房东鼓动宗助：

“怎么样，你也买点儿吧，给夫人做上一套衣服……”房东太太也告诉宗助，趁这个时候买布料，价钱要便宜几成。她还答应宗助：

“买布的钱嘛，我们先给你垫上，什么时候还都成。”

最后宗助也决定为阿米买了一反[①]铭仙绸子布料。经房东一再砍价，最后降到了三元钱一反。

降价以后，卖布的男人说：

“这简直是赔本的买卖，真想哭呀。”

大家听了，又哄堂大笑起来。

这卖布的男人看样子不论走到哪儿，都是靠这土里土气的方言推销布料的。每天这样挨家去老主顾家里兜售布料，他肩上的行李变得越来越轻，最后只剩下藏蓝色包袱皮和细绳了。他说：“这时候正好旧历新年也到了，我就先回一趟家乡，在山里过个传统的新年，等过了年再多背些新的布料来东京卖。”就是这样，每年他都要赶在养蚕最忙的四月末五月初之前，把这些布料都换成钱，再返回他那个富士山北麓的只有火

① 反，日本布匹单位，两反即一匹。

烧石的小村子去。

“从他第一次来咱家，已有四五个年头了。每次见到他都是这个样子，一点儿都没有变啊。”房东太太提醒道。

“真是个少见的人呢。”房东也夸赞了一句。如今，三天没有出门，马路就不知什么时候拓宽了，一天不读报，就会漏过新开通电车的布告，而这位每年来东京两次的山里汉子，却能够一直保持山里人的本色，实在太难得了。宗助仔细打量这位织布匠的容貌、态度、打扮和说话腔调，不禁同情起他来。

宗助告辞出来，往家走的路上，他不断地调换着夹在长披风腋下的绸布包裹，心里在想，把绸料以三元钱低价卖给他的那个山里人，穿着粗布条纹棉衣，乱蓬蓬的红头发干巴巴的，一点儿油性都没有，却居然能从正中被漂漂亮亮地左右分开，实在是蹊跷。

阿米在家里终于把宗助等着开春穿的短外套缝好了，为了压平一些，她把外套压在坐垫底下，自己坐在上面。

“今晚把它铺在你的床铺下面压一压吧。”阿米回头对宗助说。听丈夫绘声绘色地说起那个从山梨县来的山里汉子时，阿米也忍不住放声大笑起来。她把宗助买回来的铭仙绸料的条纹、质地瞧了又瞧，嘴里不停地说着“便宜，便宜”，看来这绸子的确是货真价实。

“怎么卖得这么便宜呢？他不是亏本了吗？”最后阿米问。

“看来，那些布店老板在中间赚得够狠的。”宗助从这一反绸布得出这样的推断，仿佛对此道颇有了解似的。

接下来，夫妇俩聊起了坂井家生活阔绰，因为有钱，时常被小巷的家具店老板揩油，可是有时候又贪图便宜，从这位织布匠这类人那里，低价买些不急用的东西。最后说到了坂井家里特别有人气，怎么怎么热闹上来了。说到这儿，宗助突然换了个口气，提醒阿米：

“也不光是因为有钱，孩子多也有关系嘛。只要有小孩子，贫穷人家也照样会热闹的。”

阿米从宗助苦涩的口气里，听出了对他们自己寂寞生活的些许自责，不由得放下膝上的布料，看着丈夫的脸。宗助觉得从坂井家买回来的东西很合阿米的心意，满心以为好久没有让妻子这么高兴了，并没有特别注意阿米的反应。阿米也只是看了看宗助，什么也没有说。其实，阿米是打算等到晚上睡觉的时候再说这事的。

两个人像每天一样，过了十点就准备睡觉了。阿米趁丈夫还没睡着的时候，对他说道：

“你刚才说，要是没有小孩儿，就太寂寞了吧？”

宗助记得刚才自己是就一般情况泛泛而论的，但是这不等于是针对他们自己的情况，特意为了提醒阿米，存心这么说的。所以，被阿米这样严肃地质问，宗助一时不知怎么该解释：

“我说的又不是咱们家啊。”

听了他的回答，阿米沉默了一会儿，又重复了一遍和刚才大意相同的问话：

“可是，你是觉得家里太寂寞、太冷清，才说出那样的话吧？”

宗助确实一直有这个想法，只是顾忌阿米的心情，不敢直截了当地说出来。为了使刚刚病愈的妻子放松心情，莫不如把这事当作玩笑，一笑了之为好，想到这儿，他换了个语气说：

“要说冷清，倒也不是不冷清，不过……”他竭力说得很随意，不料说到这儿卡壳了，怎么也想不出什么新鲜词儿或是逗趣的话来，只好糊弄道：

“好啦，好啦，你就不要多想了。”

阿米仍旧一言不发。

宗助想换个话题，就扯起了闲话：

“昨天晚上，哪里又失火了吧？”

“我太对不起你了……”阿米痛苦地说了半句，又不说话了。

油灯像平时一样放置在壁龛里，阿米背朝着灯，宗助虽然看不清她脸上的表情，可听她的声音像是哭腔。一直瞧着天花板的宗助，立刻把脸转向了妻子，目不转睛地望着模糊不清的阿米的脸。阿米也在黑暗中望着宗助。

“我早就想对你坦白一切，向你谢罪。可是总也开不了口，就这么一直拖到了今天。”她哽咽着说。

宗助完全听不懂她想说什么，甚至以为阿米有点儿发神经，可又不能断定，不禁茫然无措起来。这时，阿米决然开口说出一句：

“我是个命里没有孩子的人。”说完嘤嘤哭了起来。

对于阿米这番令人心碎的倾诉，宗助不知怎样安慰她才好，只觉得内心充满对阿米的歉疚。

“有没有小孩儿有什么关系啊？像坂井先生那样生了那么多孩子，在别人眼里，反倒同情他呢。家里简直像个幼儿园。”

“可要是这辈子注定一个孩子也没有，你也不愿意吧？”

“现在怎么能肯定没有呢？也许以后就有了呀。”

阿米又哭了起来。宗助也没别的法子，只能等着她自己平静下来之后，再慢慢听她说下去。

他们在夫妻恩爱这点上，胜过一般的人，但是在孩子的问题上却比一般邻里还要不幸。而且若是从未怀孕过还好一些，可他们是生下了孩子却没能让他活下来，这就更加不幸了。

阿米第一次怀孕，是在夫妻俩离开京都后，在广岛过着清苦日子的时候。当确认怀了孕后，面对这从未经历过的新体验，阿米怀着对未来既不安又憧憬的心情过着每一天。宗助认定这是他和阿米之间看不到的爱之精华，以一种有形的东西得到证明，为之欣喜若狂。他天天屈指期盼着，亲眼看到自己生命孕育的小肉团呱呱坠地的那一刻的到来。谁知道，完全出乎他们夫妇的预料，胎儿长到五个月时突然流产了。那段时期，他们一直过着捉襟见肘的生活。宗助望着流产后阿米那张苍白的脸，断定是因操劳生计导致的流产。想到爱情的结晶因贫困而被毁灭，竟如此来去匆匆，便伤感不已。阿米整天以泪洗面。

搬去福冈后不久，阿米又想吃酸的东西了。听别人说，流产过一次，就会形成习惯性的，阿米万般小心，谨慎保胎。也许是这样见了效，孕期一直很顺利，然而孩子却毫无缘由地不足月就出生了。接生婆觉得奇怪，劝他们带孩子去看看大夫。大夫看了之后说，由于婴儿先天不足，室内必须保持恒温，昼夜不变地以人工办法进行保暖。以宗助的收入，单是在室内安装炉子，都不是那么容易的事。夫妻俩投入自己最大限度的精力和财力，一心守护婴儿的生命。可是，一切努力都是徒劳。一个星期后，这个凝聚着他们血脉的结晶终于变得冰凉了。阿米抱着夭折的婴儿，啜泣着：

“我可怎么活啊！”

宗助坚强地承受了又一次沉重打击。他眼见这冰冷的小尸体化成骨灰，这骨灰又回归黑土，始终没有说一句悲伤的话。随着日月更迭，挟在他们之间的黑影渐渐淡去，终于消失不见了。

然后就是第三次了。搬到东京来的头一年，阿米又怀孕了。因初到东京时，阿米身体太虚弱，她自己就不用说了，连宗助也都相当小心。“这回绝不能再没了。”两人心里都这样祈祷，如愿度过了紧张的头几个月。谁知刚好又到了第五个月，阿米又犯了个意外的过错。那时家里还没有安装自来水管，早晚两次女佣要到水井边去挑水，洗衣服。有一天，阿米有事去后院找女佣，走到放在水管子旁边的洗衣盆跟前，说完事后，想直接从水管子旁边迈过去，不小心脚下一滑，一屁股坐在长满青苔的湿漉漉的石板上了。阿米自知又犯错了，觉得自己这么粗心大意，愧对丈夫，就没敢告诉宗助，把这事瞒了过去。过了些日子，当她确认这次摔跤对胎儿的发育没有造成什么影响，自己的身体也没有出现任何异常时，悬着的心才放下，把那件过失告诉了宗助。宗助当然不想埋怨妻子，只是平和地提醒她多加注意。

“不小心就会出问题的。”

转眼到了预产期，随着生产的日子一天天临近，宗助去上班时也惦记着阿米。每天回家，他都会想着“今天说不定我不在家的时候……”直到站在格子门外。有时没有听到期待的婴儿啼哭，他反倒以为出了什么事，飞速跑进门里去，结果闹了个大红脸。

幸好阿米开始阵痛是在半夜，宗助正好在家里，能够在身旁照料她。这一点的确是太幸运了。有足够的时间请接生婆，药棉和其他用具也都准备周全了。生产也比预想的顺利。可是，关键的婴儿，不过是从子宫逃到了宽阔的地方，却未能呼吸到一口人间的空气。接生婆拿着一根细玻璃管子样的东西，一个劲儿地朝小嘴里吹气，可是一点儿效果也没有，生下来的只是个死胎。夫妇俩从这个肉块上看出了眼睛、鼻子和嘴巴，却没能听到从他的咽喉里发出声音。

接生婆在生产前一周还来过，仔细听了胎心，打包票地说：“一切都非常正常。”即便接生婆的话有错，胎儿在某个时段已停止了发育，那么不尽快把婴儿取出来的话，母体也不可能到今天都毫无感觉。宗助由此疑点查找原因，发现了自己从未听说过的真相时，禁不住惊恐万分。原来胎儿直到出生时都是很健康的，却由于脐带绕颈，也就是平常说的胞衣缠住了脖子。遇到这种异常情况，只有靠着接生婆的本事化险为夷了。如果是有经验的接生婆，在取出婴儿的时候，会麻利地把脖子上的胞衣扯掉，将胎儿拽出来。宗助请的接生婆也有些年纪了，这点儿事应该难不倒她。不幸的是，缠在胎儿脖子上的脐带不止缠绕了一圈，而是两圈。结果，当接生婆从窄窄的产道接生时，不小心失了手，致使胎儿被缠绕着细脖颈的胞衣勒住气管，窒息而死。

接生婆当然免不了失误之责，但是一多半无疑是阿米自己的过错。显而易见，脐带绕颈这种异常情况，在五个月之前，阿米在井台旁摔了个屁股墩的时候就已经自己酿成了。阿米在坐月子的时候，听丈夫说明了上述推断，只是轻轻点点头，什么也没有说。她那因疲劳而凹陷的眼睛湿润了，长长的睫毛眨个不停。宗助一面安慰她，一面用手帕擦去她脸上的泪水。

这就是这对夫妻至今没有孩子的过往。经历过这一次次痛苦后，他们不愿再谈起关于孩子的事了。然而，在他们的生活里，却因这记忆笼罩了凄凉的阴影，难以拂去。有时候，甚至透过彼此的笑声，都能够感受到对方内心笼罩着这个阴影。由于这个缘故，阿米也想不到现在会把过去的历史，重新对丈夫翻出来。宗助也觉得事到如今，丝毫没有必要再听妻子诉说往事。

其实阿米要向丈夫坦白的，并不是两人都知道的事情。痛失第三胎后，她听到丈夫讲起孩子出生时的情况，深感自己是个非常残忍的母亲。换个角度想，虽然不是自己亲手所为，但这和守候在黑暗和光明的途中，夺走自己孕育的胎儿的生命又有何不同？每当这样看待此事时，阿米就不能不把自己看作一个犯下可怕罪行的犯人。她默默承受着意想不到的道义上的苛责。人海茫茫，竟然没有一个人可以和她分担这样的苛责。即便对丈夫，阿米也没有诉说过这一痛苦。

当时，她也和一般产妇一样，在床上度过了三个星期。这对于身体休息来说，是极其安静的三个星期。但从精神来说，又是极其难熬的三个星期。宗助为亡儿定做了一口小棺材，举行了一个不张扬的葬礼。后来又为亡灵制作了小牌位，牌位上用黑漆写了戒名。这牌位之主虽有戒名，却没有俗名，连他的父母也不知道。最初，宗助把它供在餐室的衣柜上面，下班回来后就不断地焚香。那香味儿常常飘到躺在六铺席房间里的阿米的鼻子里。她的嗅觉没有比那时候更灵敏的了。过了些日子，不知宗助怎么考虑的，又把小牌位收进了衣柜抽屉最底下了。那个抽屉里放着在福冈死掉的孩子的牌位和在东京去世的父亲的牌位，分别用棉花包着。典卖东京住宅的时候，宗助觉得把祖先的牌位都带上的话，会给居无定所的生活造成累赘，就把最近死去的父亲的牌位放入旅行包里，其余都存放在寺庙里了。

阿米躺在床上，看着听着宗助的所有动静。她一直平躺在床上，觉得有一条很长的看不见的因果报应之线，将两个小牌位联结在一起。而且这条细线仍在向前延伸，最终抵达了连牌位都得不到就流产了的根本不成形的一团死胎身上。阿米看见在广岛、福冈和东京留下的一个个记忆深处，都有一个无法改变的威严命运支配着。当她看清了在这威严命运的支配下，多年来，自己是一个莫名其妙地遭受不幸轮回的母亲时，诅咒的声音便不绝于耳。她在生理上强迫自己在床上躺了三个星期，在这期间，那诅咒声几乎不曾中断过。三个星期的安卧，对阿米来说，不啻是痛苦至极的煎熬。

阿米躺在床上，强忍着度过了这苦痛的半个多月。到了最后，她虽然勉强躺下了，却是痛苦难耐。护士回去后第二天，她就悄悄下了床，四处溜达，仍然排解不了内心的忧烦。尽管强迫无力的身子活动，脑子里却一点儿也不转动。她又失望了，只好钻回被子里去，紧闭着眼睛，远离这人世。

终于三个星期的卧床休养过去了。阿米的身体自然而然变轻松了。她把地板擦得锃亮，又对着镜子描绘出复苏了生气的柳眉。此时已到了更衣的时节，阿米换下穿了一冬的厚棉衣，感觉身上通透，神清气爽。将春夏之交装点得美不胜收的日本的自然风物，给寂寞的阿米带来了一些兴奋。可是，这兴奋感不过是搅动沉渣泛起，短暂浮现在明亮的光照下而已。此时，阿米暗淡的回忆中萌生出了某种好奇心。

一个天气晴朗、阳光明媚的上午，阿米一如平日送走了宗助后，马上走出了家门。已是女人们打着阳伞外出的时节了。阿米在太阳下面快步走着，额头渗出了汗。阿米一路走一路想，刚才换衣服的时候，打开衣橱，就不由自主地拉开抽屉，去触摸最底下的那个新牌位。最后迈进了占卜师的门。

她从幼年时，就和多数现代人信仰共通的神灵。然而，她平生时也和多数文明人一样，只是游戏般表面上的信仰。这信仰也能触及现实生活中的残酷部分，只能说是非常稀罕的事。此时阿米以非常郑重其事的态度和虔诚的心，坐在占卜师面前，想知道自己将来是否会得到养育子女的幸运。这位占卜师，与那些在街头摆个摊，给一两文钱就给人算命的人没什么两样。他将算筹摆来摆去，拿着一把卜签，又是搓揉又是掐算之后，轻轻捏着腮下的胡须沉吟片刻，最后盯阿米的面孔看了半天，才平静地说：

“你命中注定没有孩子。”

阿米没有说话，仔细琢磨了好一会儿占卜师的话，然后抬起头来问道：

“这是为什么呢？”

她以为占卜师回答之前，还是会思考一下的，可是占卜师直视着阿米的眉间，立刻断言：

“因为你做过对不起别人的事。这是报应，孩子是养不活的。”

听到这句话，阿米只觉得心如刀绞。她万念俱灰地回到家中，整个晚上都没有好好看丈夫一眼。

阿米一直没有向宗助说出的心事，就是这个占卜师的断言。宗助是在壁龛里的油灯，微弱地照着静静的夜晚时，第一次听阿米告诉他这件往事，心中自然很不快。

“神经有毛病的人，才会去那种愚蠢的地方。花钱去听那些糊弄人的话，有什么意思呢。以后你还打算去找占卜师吗？”

“太可怕了，我再也不去了。”

“还是不要去了，真是没脑子。”

宗助有意宽容地回了一句，便睡了。

14

宗助和阿米是一对相亲相爱的夫妻。从结婚至今，六年多的漫长岁月里，他们不曾有过半天的不愉快，更不曾红过脸，吵过嘴。除了从布料庄买衣料，从米店买米吃之外，他们是很少有什么依赖于社会的人。在超出购买生活必需品以外的意义上，他们几乎感受不到社会的存在。对他们而言，绝对不可缺少的只有对方。而唯一需要的彼此，对他们来说也已经足够了。他们是抱着身居山中的心情住在城市里的。

因此，他们的生活必然会流于单调。在他们避开了复杂的社会生活烦扰的同时，也自己堵塞了接触社会生活给予的各种经验的渠道。其结果，人虽然住在城市里，却放弃了居住城市的文明人享有的特权。他们也常常意识到自己的日子过得太平淡了。尽管彼此之间并没有生出丝毫厌倦或是不满足，但在他们心底，都觉得彼此认同的生活中潜藏着某种缺少激情般的诉求。尽管如此，他们仍旧日复一日不厌其烦地度过了印章般毫无变化的漫长岁月，这并非因为他们从一开始就对社会失去了兴趣，而是社会孤立了这对夫妇，将他们遗弃的结果。找不到向外界伸展余地的两个人，只好向内里、向深处伸展了。他们的生活失去了广度，代之以深度。这六年来，他们没有寻求和人们的泛泛交往，而将这六年的岁月，全部用在了挖掘对方的内心世界上。他们的生命，不知不觉间深深嵌入了彼此的灵魂。这对夫妇在人们眼中，依然是两个人，但是对于他们彼此而言，道义上已经成了无法分离的同一个有机体。将这对夫妇的精神组合起来的神经系统，以至神经末梢，都是相互纠结着组成的。他们就如同滴落在大水盘上的两滴油，与其说是从水里溅起后两滴油聚合一体，不如说他们是借着被水弹起之势，完满结合之后，再不能分离，更恰如其分。

在这种聚合之中，他们体味到了寻常夫妇难以获得的和谐和完满，以及随之而来的倦怠感。然而在这倦怠的慵懒气息包围中，他们并没有忘记自己是幸福的。有时，这倦怠感在他们的意识里挂起一条困乏的帷幕，使两人的爱情笼罩着迷蒙之色，而绝不会感到神经被刷子洗刷般的不安。总之，他们是一对因着疏远俗世而情投意合的夫妻。

他们日复一日地送走比一般夫妻都恩爱的岁月，每天看似没有意识到似的平静度日，实际上无时不在确认彼此间的款款深情。每当这时，他们必然要回顾迄今为止度过的亲密无间的漫长岁月，回忆起当年付出了怎样的牺牲，才冲破重重阻力，结了婚的。他们颤抖地跪拜在命运给他们带来的可怕的报应跟前。同时对于因受到这种报应而获得的幸福，他们也没有忘记给爱神奉上一炷香。他们此生将遭受着鞭笞，走向终点。只是他们感悟到了，这鞭子头上沾有能愈合所有创伤的甘甜之蜜。

宗助出身于东京富有的人家，同其他东京阔少们一样，在学生时代，他便奢侈无度，任性而为。那时，他在衣着、行为、思想上，无不以当代才子自居，昂首挺胸，随心所欲地阔步于世间。正如他的衣领雪白，西装裤腿笔挺地翻折，露出下面的开斯米洋袜的花色那样，他的头脑也是喜欢追逐时髦的。

他天生有个好脑袋瓜，因而对学习从来不上心。他一向认为做学问只是一块为了进入社会的敲门砖，所以对于那种先寒窗苦读，暂时疏离社会，才能功成名就的学者地位没有什么兴趣。他只是去上课，像其他学生那样，记满了好多本笔记，可是回家后，懒得再翻看或复习。因请假而没有完成的功课也都不补。他把这些笔记本整齐地叠放在宿舍的桌子上，无论什么时候去，总是收拾得井然有序。他经常离开这书房出外闲逛。朋友们都羡慕他的潇洒不羁，宗助也扬扬自得。他的未来就像美丽的彩虹一般在他的眼里闪烁。

那时候的宗助与现在不同，有很多朋友。说实在的，他快活的眼睛看到的所有人一概都是朋友。他就是这么个不懂得“敌人”为何物的乐天派，无忧无虑地度过了他的青年时代。

“只要你不是哭丧着脸，去哪里都会受欢迎的。”他经常对同学安井这样说。实际上，他的表情的确从来没有让别人感觉不快过。

“你身体好，当然高高兴兴的了。”总是爱得病的安井，非常羡慕宗助。

这位安井同学是越前[1]人，长年住在横滨，所以言谈举止都和东京人一样。他对穿着很讲究，留着长长的头发，喜欢中分发型。他俩虽然不是一个高中的，但是上大学时听课老是挨着坐，遇到没听清楚的地方，课后时常互相询问，便渐渐熟悉了，后来成了好朋友。那时候新学年刚开始，对于刚来京都不久的宗助来说，有安井这个朋友真是太好了。他在安井的导游下，如饮佳酿般饱览了这块新鲜土地上的风景。两个人每天晚上都去三条或四条等繁华街道上散步。有时还从京极穿过去。站在桥中央，眺望鸭川[2]的河水。仰望从东山上升起的宁静的月亮。宗助感到京都的月亮比东京的月亮还要圆还要大。当他们厌倦了闹市和行人之后，就利用星期六和星期日去远远的郊外。宗助非常喜欢那里到处生长着翠绿幽深的高大竹林。有好多棵竹子宛如染成深红色的松树干那样，在阳光反射下，连成一片，煞是好看。有时两人还登上大悲阁[3]，仰望着即非[4]所题的匾额，倾听溪谷里小船顺流而下时摇橹的声音。那声音酷似大雁的鸣叫声，两个人觉得特别有趣。有时候，直奔平八茶馆，在这里睡上一天。他们还让老板娘给他们烤难吃的河鱼串，当下酒菜。这位老板娘头裹毛巾，穿着藏蓝色的收腿裤。

---

① 旧地名，今福井县东部。

② 又名贺茂川。由北向南流经京都市内，成为京都一景。

③ 大悲阁千光寺，位于京都岚山，供奉的主尊为千手观音。

④ 即非如一（1616—1671），明末福建福清黄檗山万福寺禅僧。临济宗三十二代高僧隐元隆琦重要弟子之一。协助隐元开创日本黄檗宗。

宗助在这些新鲜东西的刺激下，暂时获得了满足。然而，当他游遍古都的古朴素雅景物之后，又觉得看什么都平淡无味起来。此时，他感觉那美丽的山色和清流，不像最初那样给他留下鲜明的印象，而感到乏味了。他满腔的青春热血，却没有遇见可以使他的激情降温的葱郁树林，当然也没有遇到可将这热情焚烧殆尽的惊人事件。浑身的热血在他身体里急速流淌，使他无法平静。他抱着臂膀坐着，眺望四方群山，对安井说：

“这种落后无趣的地方，我已经厌倦了。”

安井笑了，为了打比方，给宗助他讲了个故事，是他一位朋友家乡的故事。那里是个有名的驿站，净琉璃《间土山有雨》[①]的故事就发生在这里。安井说，从早晨起床到晚上入睡，眼睛看到的除了山还是山，宛如住在擂钵底一般。这位朋友还是孩子的时候，每逢阴雨连绵的时节，总是提心吊胆的，生怕自己居住的驿站会被从四周山上流来的雨水淹没。宗助暗想，真是没有比在这种擂钵底一样的地方生活一辈子更悲惨的了。

“在这种地方，人可怎么生活呢？”宗助迷惑不解地问安井。安井也在笑，还把朋友给他讲的趣闻反复讲给宗助听。他说，从这土山产生的人物中，最有名的就是“偷换千两箱而受磔刑”这个笑话了。对狭小的京都厌倦了的宗助，甚至想，这些传说给单调的生活添加的色彩，一百年里怎么也得出一件才

---

① “间土山有雨”原本是民俗小调“马子歌”（马夫歌）中的一段，后被收入近松门左卫门的某部净琉璃之中，故事的地点位于滋贺县的土山。

行啊。

那时候，宗助的眼睛总是关注着新的世界。因此当大自然向他展现了一年四季的万千景色后，他觉得已不需要为了唤醒去年的印象，再观赏一次樱花和红叶了。对于只想永久握有纵情享受过生命的证券的他来说，只有活着的现在和今后怎么活，才是现实问题，而那渐渐消逝的过去，不过是梦境般毫无价值的幻影。他看尽了油漆斑驳的神社和冷清凋敝的寺院。他丧失了回顾那早已褪色的历史的勇气。他的心境还没有枯萎到要沉浸于朦胧往昔的地步。

学年结束后，宗助和安井约好了再会之期便分别了。安井打算先回一趟老家福井县，然后再到横滨去。他表示，到时候自会写信通知宗助。然后争取和宗助结伴乘火车去京都。如果时间允许，就在兴津①一带住下来，好好游历一番清见寺、三保松原②和久能山③等名胜。宗助说“太好了”，心里已经在想象自己接到安井的明信片时的兴奋心情了。

宗助回到东京时，父亲是很健康的，小六还是个孩子。时隔一年回到家，再度感受了都市的炎热和煤烟，倒觉得愉快。站在高处向下望去，只见在骄阳暴晒下，民房屋顶的砖瓦荧光闪烁，有如波涛翻卷，绵延数里之远，不禁感慨这就是东京啊！如今的宗助觉得是令他眼花缭乱的所有景象，在那时候无

① 旧地名。位于静冈县，现已归属于清水市。

② 静冈县东面的丘陵地带，德川家康曾下葬在此地，后迁往日光。

③ 位于清水区和骏河区分界，山顶上有德川家康的墓和久能山东照宫。

不是以“壮观”二字深深印在他的头脑里的。

他的未来，犹如一朵被密封的蓓蕾，未开放之前，不但别人不知道，就连自己也看不清楚。宗助只感觉“无量”二字飘浮在自己的前途中。在这年暑假，他也在考虑自己毕业以后的出路。尽管他还没有想好大学毕业后，是走仕途还是干实业，但他知道，不论选择哪条路，从现在就开始尽最大努力开拓是有益无害的。他除了直接靠父亲的介绍，还通过父亲间接得到了父亲朋友的关照。他从中选了一些对自己的前途会有帮助的人物，去拜访了两三位。有的人以避暑为名已离开了东京；有的人恰好不在东京；还有的人太繁忙，只能在工作场所见个面。那天宗助早早起来，七点左右，太阳还没升高的时候，就乘上电梯，被领到了砖瓦建筑物的三楼。在那个会客室里，看到已经坐着七八个人，和他一样在等着见那个人，宗助惊讶极了。他觉得到新的地方来，接触新的事物，不论事情办成办不成，将过去未曾见到过的活生生的世界的某个片段填塞进脑子里，比什么都愉快。

宗助每年都帮着父亲晾晒藏品，在这段时期，这个活儿倒让他很有兴趣。他坐在冷风嗖嗖的储藏室门前的潮湿石板上，充满新奇地翻看着祖上传下来的《江户名胜图绘》[①]和《江户砂子》[②]等古本。他有时盘腿坐在会客间正中，将女佣买来的樟脑分装在小纸包里，包成医生开的药那样的形状，坐的时间

① 斋藤幸雄、幸孝、幸成父子三代编著，长谷川雪旦绘图。

② 江户时代中期的江户地志。菊冈沾凉编著。

久了，连屁股底下的榻榻米都发热了。每当此时，宗助便联想起小时候，常常闻到这樟脑的扑鼻香味，还有汗流浃背的伏天、拔罐子、蓝天上盘旋飞舞的老鹰。

一晃就到了立秋时节。二百一十日[①]前夕，又是刮风又是下雨的。空中浮动着仿佛染成淡墨色的云，两三天来温度计一个劲儿地往下降。宗助又得用麻绳捆好行李，准备回京都去了。

在这期间，他也没有忘记和安井的约定。他刚回到家时，还觉着是两个多月以后的事呢，并不着急。可是随着时间一天天接近，他惦记起了安井的消息。因为从分别以来，安井就连一张明信片都没有寄过。宗助给安井的家乡福井写了信，也没有回信。宗助有心打听一下横滨那边，但是没有问明安井的住址或街名，无计可施。

临走前的晚上，父亲把宗助叫来，按照宗助的希望，如数给了盘缠，外加一些零花钱，用于路上耽搁两三天的食宿，以及到京都后所需的花费。

“要尽量节省着用啊。”父亲叮嘱他。

宗助像一般的儿子听老子训诫一样，听着父亲的话。父亲又说：

“等到你明年回来，咱们才能见面，自己要多加小心啊！”

---

① 从立春开始第二百一十天，9月1日前后，正值水稻开花期，台风袭来时期，农家视为不吉之日而戒备。

谁知到了第二年该回来的时候，宗助没能回家。等到他终于回来时，父亲的遗体已经冰冷了。直到现在，每逢想起父亲说话时的音容，宗助都觉得对不起父亲。

临近出发时，宗助才接到一封安井的来信。拆开一看，信中说："本打算照先前说好的，一道回来，但由于一些原因，不得不先去了。"最后写了"等到了京都，再见面细聊吧"。宗助把信塞进西装内兜里，上了火车。到达二人曾经约定的兴津站时，他孤身一人下了车，沿着一条细长的街道向清见寺方向走去。由于是夏季已过的九月初，大部分避暑客早已退去，旅馆里比较清静。宗助挑了间能够眺望海景的房间，趴在地上给安井写了一张明信片。只有两三行字："因为你没有来，我只好一个人来这里了。"

第二天，他也是按原来约定的路线，自己一个人游览了三保和龙华寺，收罗了好多去京都后可以给安井讲讲的谈资。可是，不知是天气不好，还是没有旅伴的缘故，不管是看海还是爬山，都觉得没什么意思。闷在旅馆里就更无聊了。于是，宗助匆匆换下旅店的夏和服，和染色腰带一起搭在栏杆上，离开了兴津。

抵达京都的第一天，由于坐夜班车太疲劳，还有收拾行李等等，一天时间不知不觉就过去了。第二天，他才去学校，见教师们还没有到校，学生们也比以往少了些。奇怪的是，哪里也看不到比自己早归来三四天的安井。宗助放心不下，下课后特地跑到安井寄宿的地方去。安井住在水多树多的加茂神社旁边。暑假之前他曾说过，想搬到幽静的郊外去，好埋头读书，所以特地落户在了这个交通不便的穷乡僻壤来。安井找的这个住处，两边围着两道土墙，已经收拾得古香古色。宗助曾经听安井讲过，这户人家的主人曾经是加茂神社的一个神官。他有个操一口京都腔的能说会道的婆娘，四十来岁，照料安井的日常生活。

“说是照料，也就是一天做三顿难吃的饭菜，给我送房间里来罢了。”安井刚搬来，就跟宗助说过对这婆娘的不满。宗助来这里看过安井两三回，所以认识他所说的这位不会做菜的女人。她也记得宗助，一见到他，就照例巧舌如簧地殷勤寒暄起来，然后没等宗助开口，竟然向他问起了安井的消息。据这家的婆娘说，安井自从回乡后，直到今天，一点儿音讯也没有。宗助甚为意外，只好回了自己的住处。

接下来的一周时间左右，宗助每次去学校，都怀着朦胧的期望——今天说不定能见到安井，或是明能听到他的声音吧——推开教室的门，每天又带着茫然的失望回来。到了最后三四天，宗助与其说是想早些见到安井，不如说作为朋友，担心起了他的安全。安井特意写信给自己，说是有些事情，只得先回来，可是怎么左等右等也不见他呢？宗助向同学打听了一个遍，谁都不知道安井的去向。只有一个人说，昨晚在四条街的人群中见到一个很像安井的穿夏和服的男人。但是宗助不相信那人就是安井。然而听到这个消息的第二天，也就是宗助到达京都一个星期后，安井穿着别人说的那身衣服，突然到宗助的住处来了。

当宗助与安井久别重逢，打量着身穿单和服，拿着草帽的老朋友时，发现他的脸上多了些暑假前没有的新东西。安井乌黑的头发上抹得油光光的，梳成非常醒目的中分。他解释说，是从理发店直接过来的。

当天晚上，安井和宗助兴奋地聊了一个多小时。安井那不善言谈，对宗助顾虑重重的说话腔调，开口闭口就是“然而”“然而”的毛病，都是老样子。但是他没有提及为什么要比宗助先离开横滨，也没有告诉宗助自己中途在哪里耽搁了，结果比宗助晚到京都的原因。他只是清楚地告诉宗助，是三四天前才回到京都的，眼下还没有回暑假前住过的那个住处。

“那么你现在住在哪儿？”宗助问起来时，安井才把现在住的旅店名字告诉了宗助。那是个位于三条街附近的三流旅店，宗助以前就知道那个地方。

“为什么住那个地方呢？暂时住在那儿吗？”宗助追问。安井只是回答有点儿原因，所以要住在那个地方。

“我不想过寄宿生活了，想租一栋小点儿的房子。”当安井说出这个出人意料的计划时，宗助吓了一跳。

之后的一个星期里，正如对宗助说过的那样，安井真的在学校附近的一个闲静之处自立门户了。这是一户狭小的出租屋，除了京都随处可见的阴暗之外，柱子和格子门都涂成了黑红色，故意营造出古朴感。宗助看到门口立着一棵不知是属于谁的柳树，长长的枝条随风飘舞，几乎打到房檐了。庭院里也和东京不同，不是光秃秃的。由于这里石头好找，会客间的正对面摆了一块比较大的石头，石头下边生着一片片的苔藓，给人阴凉之感。后院里有个门槛已腐朽的储藏屋，里面空无一物。储藏屋后面是厕所，如厕时能瞧见邻居的竹丛。

宗助来这里看安井，是刚开学的时候，离十月还差几天。他现在还记得，秋老虎正肆虐之时，每天去学校都要打阳伞。当他在格子门前把伞收起，向里面窥探时，看见闪过一个穿着粗条纹单和服的女人。格子门内铺了水泥地面，一直通到最里边，所以宗助即便还没有进去迈上右手的玄关样的入口，即便很昏暗，也能一眼看到最里面。宗助站在那里，一直看着那个穿和服的背影消失在后门。然后他才拉开了格子门，看到安井出现在玄关处。

宗助被让进会客间，两人说了会儿话，却始终没有看见刚才的那个女子出来。听不到她说话，也听不到她的动静。房子并不宽敞，所以她应该是在一壁之隔的房间里，可是简直就像没有人一样无声无息的。这位影子一般安静的女子就是阿米。

安井喋喋不休地说着家乡的事、东京的事和在学校里上课的事，却只字不提阿米。宗助也缺少打听的勇气，那天就这样告辞了。

第二天，在学校两人见面时，宗助心里仍然想着那个女子，但一句也没有问。安井也是若无其事的样子。尽管他们两人之间，以前不止一次地相互诉说过心里话，一向是无话不谈的，可是，对这件事安井却好像难以启口似的，宗助也没有非要刨根问底那么大的好奇心。所以二人都把这女子的事搁在心里，却又都一直没有提起，一个星期又过去了。

一个星期日，宗助又去了安井家。这回是单纯为了与他们两个都有关系的聚会而去的，和那女子毫无关系。可是一走进会客间，在上次那个地方坐下来，眺望沿着墙根栽种的小梅树时，又不由想起了上次来这里时的事。今天会客间外边也是静悄悄的，宗助不禁想象起那位悄无声息地待在这寂静之中的年轻女子的影子。同时他也知道，那位年轻女子同上次一样，是不会出现在他面前的。

出乎预料的是，安井突然给他介绍了阿米。那天，阿米没有穿上次看到的那件粗布夏季和服。她打扮得漂漂亮亮的从里隔壁屋子出来了，像是正要出门，又好像是刚外出回来。宗助颇有些猝不及防。不过，阿米并没有穿什么绫罗绸缎，衣服的颜色和腰带的光泽都不至于使宗助吃惊。再加上阿米初次见到宗助，也没有露出多少年轻女子的娇羞之态。只是感觉比较文静，不多言多语。宗助见她落落大方，在外人面前和独自在隔壁房子里并无多大区别。由此推断，阿米上次没有出来，并不一定是因为害羞而躲避客人的。

“这是我妹妹。”安井介绍阿米时，使用了这么个称呼。

宗助斜对着阿米坐下后，交谈了几句，发现阿米说话，没有夹杂着家乡话。

“你一直在家乡吗？”宗助问。

没等阿米开口，安井就回答：

“她在横滨住了很长时间。”

这时宗助才知道，他们两人正要上街去买东西，所以阿米换下家居服，虽天气酷热，仍旧穿上了新的白布袜。宗助觉得自己来得不是时候，耽搁了人家出门，心里很过意不去。

“没事，刚安了新家，每天都发现缺东少西的，一周里少说得进城一两趟呢。”说完，安井笑起来。

“我跟你们一起走一段吧。”宗助立即站起身来。

安井说：“顺便四处看看再走吧。”宗助随和地跟着他看了看隔壁房间里的带有洋铁皮的四方形火盆，黄色的铜壶，放在旧水槽旁边崭新的小桶后，走出了大门。安井把门锁上后，说了声“把钥匙放在后面邻居家”，便跑着去了。宗助和阿米在等他的时候，随意交谈了几句。

宗助至今还记得在那三四分钟里说了什么，不过是一个普通的男人为了对一个普通的女人，表达亲切之意而说的几句话。打个比方，就像水一样淡然的对话。以往在街头路旁，因偶然的缘由，他就是这样对素不相识的人寒暄的，已经不知道重复过多少次了。

宗助每当回想当时极短暂的交谈时，每一句话，都是很平淡的，没有什么色彩可言。不可思议的是，她那透明的声音，何以将他们两人的未来染成那般鲜红的颜色？而今，那红色随着时间的流逝已然失去了昔日的艳丽。他们是将彼此烧焦后，自然变黑了。他们的生活就是这样逐渐沉没进了黑暗之中。回首过去，品味整个发展过程，那样平淡的交谈何以给他们的经历涂上浓厚色彩的呢？宗助不能不为命运的力量感到恐惧，它可以使平凡无奇的事发生重大的变化。

宗助记得，他和阿米站在门前时，他们俩的影子打了个折，一半映在围墙上。阿米打着阳伞，她的头部是阳伞不规则的影子。他还记得，初秋微微西斜的太阳，火辣辣地照在他们身上。阿米就打着阳伞，走到了并不凉快的柳树下。宗助还记得，自己当时是退后一步，欣赏那镶着白边的紫色阳伞和绿色未褪的碧柳的美妙色彩搭配。

今天回想时，一切都是明明白白的，就是说没有什么稀奇的。当他们站在土墙阴影里等到安井出来后，三个人一起往街头走去。两个男人肩并肩走在前面，阿米穿着草屐落在后面。交谈也只是在男人之间进行，一起走了不长时间。因为中途宗助回自己住处去了。

但是，那天的情景，宗助久久不能忘怀。直到他回家后泡完澡，坐在了油灯前，安井和阿米的身影仍旧像一幅彩色画面不时闪过眼前。不仅如此，上床之后，宗助还在琢磨，安井介绍阿米是他妹妹，果真是他妹妹吗？只要不对安井问清楚，这个怀疑是不容易消除的，不过，他即刻做出了自己的判断。宗助躺在床上，越想越觉得从安井和阿米之间的关系来看，自己的推断是有充分可能的。他意识到这样推断，实在是愚蠢可笑，才吹灭了早该吹灭的油灯。

然而，宗助和安井还没有疏远到将这样的记忆忘得一点儿痕迹也不剩的程度。两个人不但每天在学校都会碰见，而且依然像暑假前一样继续交往。但是宗助去看安井时，阿米并不是每回都出来跟他寒暄。大约三回里有一回，她不出来，就像最初那样，静悄悄地待在隔壁房间里。宗助对此也不特别在意。尽管如此，两个人还是日渐熟悉起来，没多久就熟悉得能开玩笑了。

很快又到了秋天。因同样的缘故，对重复过京都的秋天感到乏味的宗助，便应安井和阿米之邀去采蘑菇。那时，他从明朗的空气之中又嗅出了新的清香。三个人还一起观赏了红叶。从嵯峨[1]穿过山间，走到高雄[2]的途中，阿米卷起和服的下摆，白布袜上边露出长内裙，拄着细细的阳伞走路。从山顶俯瞰下面一百米处流淌的河水时，只见阳光照射下，可以看清水底那么透明，阿米回头对两个人说：

“京都真是个好地方啊！”

听了她的话，一起观赏这美景的宗助，也觉得京都真是个好地方了。

他们这样一同出去游玩是常有的事，在家里更是经常见面。有一次，宗助照例去看安井时，安井不在家，只有阿米一个人仿佛被丢在寂寥的秋天里似的，独自坐在家中。宗助对她说“一个人很无聊吧”，便进了会客间。两个人隔着火盆对面而坐，一边烤火，一边聊天，待了好久宗助才回去。还有一次，宗助靠着住所的桌子发呆，不知怎么打发时间的时候，阿米突然来了。说是出去买东西，顺便来玩玩儿。宗助请她喝茶，吃点心，阿米也不客气，东聊西聊地坐了好半天才走。

这样来往期间，树叶不知何时已经掉光了。一天早晨，高高的山顶上变成一片银白。光秃秃的河滩也被白雪覆盖，桥上来往行人稀少。那年京都的冬天凄冷异常，寒气透心彻骨。安井被这凛冽寒气所袭，得了严重的流行性感冒。由于发烧

---

① 位于京都的西北角，是赏樱花和红叶的胜地。

② 位于京都的西北部，以寺庙闻名遐迩，有名刹高雄山神护寺，是纳凉赏枫的胜地。

比一般感冒高得多，起初，阿米也吓得不行，不过高烧很快就退了，大家以为已经好了。谁料安井每天的体温依然是忽高忽低，痛苦不堪，就像被胶粘住了似的，一直缠绵不去。

医生说，安井的呼吸器官好像受到了损害，建议易地疗养。安井很不情愿地拿出壁橱里的柳条箱，用麻绳捆好，阿米给手提包上了锁。宗助把他们两个一直送到七条。火车进站之前，陪着他们进了候车室，特意对他们说着宽心的话。宗助走下月台时，安井从窗户里对他喊：

“有空来玩儿啊。”

“请一定来呀！”阿米也说了一声。

火车从红光满面的宗助面前徐徐驶过，喷吐着白烟向神户方向驶去了。

病人在疗养地度过了新年。宗助每天都会接到他们寄来的明信片，没有一次不写着“有空来玩儿”，里面也必定会夹着阿米写的一两行字。宗助把安井和阿米寄来的明信片在桌子上单放一叠，从外面进来好一眼就能看到。他还经常按时间顺序一张一张地翻看。最后一张明信片上写着：“病已痊愈，这就回去。既来此一趟，没能见到你，实为憾事，望接到信后，来此一聚，哪怕只见个面也好。”这几句话，足以说动耐不住寂寞和无聊的宗助了。当晚他便乘上火车，抵达了安井的住处。

在明亮的灯光下，三个人终于重新聚首了。宗助第一眼就看出病人的气色恢复正常了，好像比来这里之前还要好似的。安井自己也这么说，还特意卷起衬衣袖子，自己抚摸青筋暴露的手臂。阿米眼里也闪烁着喜悦的光彩。宗助还从未见到阿米这样活泼的眼神。在宗助印象中，即便是处于喧嚣的氛围里，阿米也是很沉稳的，而她这种沉稳大部分来自于她那沉着的眼神。

第二天，三个人去海边看那烟波浩渺的湛蓝色大海。他们尽情地呼吸着松树干散发出的松香味。冬天的日头，赤裸裸地划过短暂白天，规矩地落在了西边。日落时，将低垂的云层由黄色逐渐染成了熊熊炉火一般的彤红色。入夜后也没有一丝风，只传来阵阵松涛声。宗助住的这三天，都是云淡风轻的好天气。

宗助说他想再玩儿几天，阿米也说："好好玩玩儿再走吧。"安井说："大概是因为宗助来了，天气才这么好的。"不过，三个人还是带着行李和背包回京都了。冬天仍然若无其事地把北风刮到了寒冷地区。山上的残雪逐渐消失，紧随其后萌发的绿色覆盖了大地。

每当回忆起当年的种种，宗助就会想，倘若事情的进展到这里戛然而止，自己和阿米也即刻变作化石的话，就可免受后来之苦了。事情是从冬天到初春的时候开始的，到樱花散尽、新叶发芽时结束的。这是一场关乎生死的肉搏，犹如炙烤青竹榨油一般。飓风趁其不备，将他们吹倒，等他们爬起来一看，四周已然被沙尘遮蔽。他们看到彼此都是灰头土脸，却不知道是什么时候被狂风刮倒的。

人们毫不留情地给他们冠以不道德的罪名。他们自身在道德上受到良心责备之前，曾一度感到茫然无措，怀疑自己的头脑是不是清醒的。在他们觉得自己是不道德的情侣，而感到羞耻之前，就已经不可思议地自认为是一对不合乎纲常的情侣了。这里没有他们辩解的余地，令他们苦不堪言。他们觉得委屈，是残酷的命运跟清白无辜的他们开了个玩笑，把他们推进陷阱的。

当普照大地的阳光直射到他们眉间时，两人已经克服了道德上刻骨铭心的痛苦。他们将苍白的额头袒露出来，承受了同样的烙印。他们意识到，两个人被无形的锁链锁在了一起，不得不携起手来，永远步调一致地走下去了。他们抛弃了二老，抛弃了亲戚，抛弃了朋友。广而言之，抛弃了整个社会，或者说是被社会抛弃了。不用说，宗助也被学校丢弃了。只是表面上看，是他主动退的学，在形式上给自己的经历里留了些做人的颜面。

这就是宗助和阿米的过去。

15

宗助和阿米背负着这样的过去，去广岛后也备受煎熬。搬到了福冈，还是苦恼重重。即便来到了东京，依然背负着沉重的精神压力。和佐伯家无法建立亲密的关系。叔叔死了以后，婶婶和安之助虽然活着，但是他们对宗助夫妻一直态度冷淡，由此可知今生今世毫无亲密交往的指望。今年到了岁暮，宗助也没有去拜年，对方也没有来。就连搬到家里来的小六，心底里对哥哥也不尊敬。夫妇俩刚到东京的时候，单纯幼稚的小六露骨地讨厌阿米。阿米和宗助对这些人情世故自然是心知肚明。他们谈笑于日下，思考于月前，在孤寂之中辞旧迎新。今年也没有几天就要过去了。

从年末开始，挨家挨户门前都挂上了注连绳[1]。道路两旁

---

① 是用秸秆编织后，垂挂纸条，象征神明守护家庭，挂在门上，保佑新的一年平安无事。

竖起几十根比屋檐还高的细竹子，在寒风吹拂中沙沙作响。宗助也买了一根两尺多长的细松枝，钉在门柱子上，还在壁龛前供了一盘又大又红的橙子。壁龛里挂的一幅怪异的墨梅，烘托着一轮蛤蜊状的月亮。宗助并不明白在这幅奇妙的挂轴前供奉橙子的用意。

“摆上这东西，到底是什么意思呢？”他瞧着自己摆放的东西问阿米。阿米也搞不懂每年供奉橙子是为了什么。

“不知道呀，这样摆上就对啦。”她说完就去厨房干活了。

“这样摆着，是为了吃吧？”宗助一边琢磨，一边重新摆了摆供品的位置。

晚上，宗助把案板拿到餐室来，大家一起切年糕。因为菜刀不够用，宗助从始至终都没有沾手。小六最有力气，所以切得最多，但是大小不一的也数他最多，其中还夹杂些形状难看的。每当小六切出一块难看的年糕，阿清就笑出声来。小六把湿抹布垫在刀背上，一边费劲儿地切着年糕的硬边儿，一边说：

“形状不好看怕什么，能吃就行了。”说罢，嘿哟一声使劲儿切下去，连耳朵都憋红了。

除了这些准备之外，为了迎接新年，还要煮沙丁鱼干，做酱烧肉菜，装在多层套盒里。到了除夕之夜，宗助带着房租去坂井家拜年。考虑到今天是除夕夜，他绕到后门口，看到毛玻璃门上透出明亮的灯光，屋子里面欢声笑语。门槛上坐着个拿着账本的小伙计，像是收账的，看到宗助，就站起来向他问好。房东和太太都在餐室里，屋角里坐着一个穿着商号衣的伙计，正低着头扎几个小稻草圈。他旁边堆着交让树叶、羊齿叶、日本纸和剪刀。年轻的女佣坐在太太面前，正把纸币和银币摆放在铺席上。

“哎呀，快请进吧。”房东看到宗助，马上招呼，“到了年关，想来您一定很忙吧。您瞧瞧，我这儿也是乱得一塌糊涂。快请这边坐。其实呀，咱们这样的年岁，新年早就过够了。无论多么有意思的事，重复四十多次的话，也会厌烦的嘛。”

房东虽然嘴里说什么送旧迎新实在麻烦，脸上却一点儿没有厌烦的神情。他谈笑风生，满面放光，看得出晚饭喝了酒，脸颊还可见红晕。宗助抽了一支房东递的烟，聊了二三十分钟就回去了。

回到家中，阿米准备带阿清去澡堂子，已经把肥皂盒包在手巾里，等着丈夫回来看家呢。

“怎么回事，待了这么长时间？”她说着看了看表。已经快到十点了，而且阿清洗完澡，还要去理发店盘头发呢。一向做甩手掌柜的宗助，在这除夕夜里，也被派上了过年要干的活计。

“欠的账都还清了吗？”宗助站着问阿米。阿米说只剩一家劈柴店了。

“等人家来了，就结了吧。”阿米从怀里掏出一只脏兮兮男人用的钱夹和一个装银币的钱包，交给了宗助。

“小六去哪儿了？”丈夫接过来问道。

“刚才说是去看看除夕夜景，就出去啦。够他受的，天儿这么冷。”

阿米的话音刚落，阿清就大笑起来，一边说着“年轻人嘛”，一边先一步去了厨房门口，把阿米的木屐摆好。

“他想去看什么夜景？”

“说是从银座直到日本桥大街。”

此时阿米已经迈出了家门，紧接着传来拉开格子门的嘎啦嘎啦声。宗助听着那响声，独自一人在火盆前坐下来，凝视着渐渐变成灰烬的炭火。他的脑海里浮现出明天家家挂出的日章旗，浮现出走街串巷游行的人们戴的黑亮的绢礼帽，仿佛听到了击剑声和马嘶鸣，还有拍打毽子的声音。再过几个小时，他将再度看到人们为庆祝新年，举行的各种让人心潮澎湃的热闹活动了。

他想象着欢天喜地的人们成群结队地从眼前走过，却没有一个人会挽住他的手臂，拉着他一同往前走的。他就像是一个没有被邀请出席盛宴的局外人被禁止饮酒一般，不得沉醉于节日的狂欢之中。他对于眼下并不抱什么奢望，甘于同阿米每年在平凡岁月中度过此生，此外再没有比这更强烈的欲望了。在这繁忙的除夕之夜，他一个人看家的孤独寂寞，正是他平生的真实写照。

十点多钟，阿米回来了。灯光照出了她那比平常都显得红扑扑的脸颊，热乎气还未散尽似的，衣领微微敞开，里面套着长衬衣，露出了好多后脖颈。

“人太多了，太多了，别说洗澡了，连小桶都抢不到呢。”她说完长长吐出一口气。

阿清回来时已经十一点过了。她将打理得很漂亮的脑袋探进隔扇，先说了句：“我回来了，回来晚了。”然后说明前面有两三个人，所以等了好久。

只有小六迟迟没有回来。挂钟敲了十二下的时候，宗助说“咱们睡觉吧”。阿米觉得今晚早睡，不太合适，一味拉着丈夫聊天。幸好，小六没过多久就回来了。他说从日本桥去了银座，又绕到了水天宫那边，由于电车太拥挤，等了好几辆才上去，所以回来晚了。

小六说他走进白牡丹杂货店，为了抽到奖品金表，想买个什么东西，可又没有什么东西可买的，只好买了一盒带铃铛的布沙包，抽奖时，他从机器吹鼓的几百只气球中抓了一个，结果没有抓到金表，只抓了这玩意儿。他说着从衣袖里掏出一袋俱乐部牌洗头粉放在阿米面前，说：

“给嫂嫂用吧。”然后，又把带铃铛的梅花形沙包放到宗助面前，说：

“这个就给坂井家的小姐吧。”

这个贫穷小家庭的大年夜，就这样结束了。

16

正月里，一连下了两天大雪，把这个家家挂着注连绳的都城染成了白色。直到雪后屋顶恢复了原来的颜色之前，宗助夫妇不知被铁皮屋檐上滑落下来的雪坨子惊吓了多少回。尤其是半夜里，那咚的一声响，总是将他们从梦中惊醒。小路上泥泞不堪，雪后和雨后不同，一天两天根本干不了。

“这可不行啊。”宗助每天穿着沾满泥巴的鞋子回来时，一看见阿米就这样说。看他这架势，就好像把阿米当成了造成道路泥泞的责任人似的。

于是阿米煞有介事地对他说：

“真是对不住您！太不应该了。”忍不住笑起来。宗助也想不出什么幽默的话跟她呼应。

“阿米，你是不是以为从咱家出去，不管去哪里都要穿高齿木屐吧，可是去下町[1]就完全不一样。那里的每一条马路都是干的，甚至还扬起灰尘呢。所以穿着高齿木屐，实在难为情，没法走路。就是说，住在这种烂地方，咱们比别人足足落后了一个世纪呀！”

说这番话时，宗助并没有显出多么不满的神情。阿米也只是瞅着丈夫鼻孔内冒出来的烟，漠然听他发牢骚。

“那你就去坂井先生家，跟他这样说吧。”她轻声回应。

“也好让他给减点儿房租呢。”

宗助只是这么说说而已，一直没有兑现。

元旦早晨，宗助只是去坂井家投进一张名片，有意不直接跟房东拜年，就出了门。一天之内，他就转完了需要拜年的几户人家，傍晚回家后才得知，在他外出的时候，坂井大驾光临，颇感过意不去。初二下雪，一天无事。初三的傍晚，坂井家派女佣来传话：“如果有空闲，请老爷、太太，还有二老爷今晚一定来我家玩儿。”

“要咱们去玩儿什么呢？”宗助很纳闷。

“肯定是玩诗歌纸牌[2]呀，他家小孩子多嘛。”阿米说，“你去吧。”

---

① 泛指东京地势较低的区域，江户时代曾经是下层人多光顾的市井繁华之地。

② 由分别写有上下半句和歌的两百张纸牌组成的游戏，参加人数不限。按照上下句分为两组。一组是专门念上半句的，纸牌上面除了短歌上半句，还有诗作者的肖像画和名字。另一组是找下半句的，上面没有画，只有短歌的下半句。下半句纸牌铺在地上，看谁找得快。找得最多的人获胜。

“人家特意来请，还是你去比较好。我好久不玩诗歌纸牌了，手生得很。”

“我也好久不玩儿啦，玩儿不好。”

两人都磨磨唧唧地不想去。最后，决定由二老爷代表大家去一趟好了。

“那就请二老爷去一趟吧。”宗助对小六吩咐道。小六苦笑着站起来。夫妇俩觉得给小六加上个“二老爷”称呼，特别滑稽。他俩瞧着小六一脸苦笑的模样，一齐笑起来。小六从温暖如春的家里出来，走了一百来米寒气袭人的路，又坐在了如沐春风的灯光底下了。

那天晚上，小六把除夕夜买的那只梅花形布沙包揣在袖筒里，作为新年礼物送给了坂井家的小姐，还特意说明是哥哥送的。回来时，他袖筒里揣了一个中彩得到的光身子偶人。这偶人的额头上缺了一块，那地方涂上了墨。小六把玩偶放在哥嫂面前，一本正经地说“这是袖萩[①]”。夫妻俩不知道为什么叫她袖萩，小六当然也不知道，虽然坂井太太给他仔细讲解过，可他还是不明所以，于是房东特意在信笺上写下了一句诗和此诗句的谐音，交给小六，并叮嘱他回家后给哥哥和嫂嫂看看。

小六伸手从袖筒里取出那张信纸递给他们。只见上面写着：“此墙一面如黑铁。[②]”在后面的括弧里还补了一句：

① 净琉璃《奥州安达原》里盲女的名字。

② 此句是袖萩的一段戏词。

“此饿鬼额头涂黑墨。”[①]宗助和阿米不由得又开心地笑出来。

“真是别有雅趣啊。不知是谁想出来的？”宗助问。

“不知道是谁……”小六仍然是一副百无聊赖的表情，放下偶人，回自己房间了。

过了两三天后，大概是初七的傍晚，坂井家的那个女佣又来了，郑重地传达了主人的意思：“若有空闲，请你们过去聊天。”当时，宗助和阿米点上油灯，刚开始吃晚饭。宗助端起饭碗说：

“今年开春，这就算是消停啦！”

就在这时，阿清前来传达坂井家的邀请。阿米瞧着丈夫的脸，露出了微笑。

“是不是又想出什么好玩儿的了？”宗助有些发愁地皱起眉头。问了坂井家的女佣，说是没有来别的客人，也没有准备什么，而且太太也带着孩子去亲戚家了，不在家。

“那我就去一趟吧。”宗助说完就出了门。

宗助一向不喜欢社交，实在推不掉才出席聚会等场合的。他也无意结交朋友，因为没有时间去看朋友，坂井家除外。宗助并无事要谈，却常常去坂井家叨扰，消磨些时间回家。不过，坂井倒是个喜欢交际的人。这位社交家坂井和孤僻的宗助居然能聊得来，连阿米都觉得不可思议。

---

① 此句与前句在日语里的发音相同。

“请到那边坐吧。”坂井说道，两人穿过餐室，沿着走廊走进小书房。在书房的壁龛里挂着用棕榈笔书写的五个苍劲的大字。书架上摆着一盆漂亮的白牡丹插花。桌子也好，坐垫也好，都很干净整洁。坂井站在黑暗的门口，一边说着“请进来吧”，一边拧了哪里一下，开了电灯。

然后他说：“请稍等一下。”划了根火柴点上了煤气炉。这个煤气炉很小，同这屋子十分协调。最后坂井请宗助坐在坐垫上。

“这是我的避难洞，嫌烦的时候就到这里来避难。”

宗助坐在厚厚的棉垫上，感到十分宁静。煤气炉燃烧的声音微微作响，从后背逐渐暖和起来。

“待在这里，就不用介意任何人了，真是舒服啊。今天你多坐会儿吧。说心里话，过这么个年，意想不到的麻烦事太多了。到昨天，我已经忙得筋疲力尽，实在扛不住了。过新年简直是受苦啊。今天下午，实在太累了，我终于远离尘世，好好睡了一觉。刚才醒来泡了个澡，吃了饭，吸了一支烟，这才发现内人带着孩子串亲戚去了。怪不得家里这么安静呢。这不，又突然觉得无聊起来。人真是很任性啊。但是不管多么无聊，我都懒得再听到或看到跟新年相关的一切了，也害怕大吃大喝什么的了。所以呢，就想到跟你这位不好热闹的人，这样说也许太失礼了，或者说是超凡脱俗的人吧，这么说还是失礼吧，一句话，就是超然之人聊一聊，所以特地打发女佣请你来坐坐的。”

坂井照例是口若悬河，说个不停。在这位生性乐天的人面前，宗助常常会忘记自己的过去。有时甚至会想，如果自己不曾有那些坎坷，说不定也会成为这样的人物吧?

这时，女佣打开三尺窄门走进来，向宗助恭敬施礼后，把一个点心碟子样的木盘子放在宗助面前，又在主人面前放了同样的一个。她一句话也没说就退了出去。木盘上摆着一个皮球那么大的农家豆沙包，还放了一根比一般牙签大一倍的牙签。

“请趁热吃吧。”房东道。宗助这才发现这包子是刚蒸好的，暄暄软软的。他惊讶地看着那层黄澄澄的表皮。

“这不是现做的。”房东又说，“是昨天晚上，我去了个地方，看到这包子，半开玩笑地夸赞了几句，没想到他们就送给了我几个。当时是热乎乎的，为了请你尝尝，刚才又重新蒸了一下。”

房东既不用筷子也不用牙签，很随意地将包子掰开，大口大口地吃起来。宗助只好学着吃起来。

吃着包子，房东说起了昨晚去的饭馆里碰到了一位有趣的艺伎。这位艺伎很喜欢文库本的《论语》，不论乘火车还是出外游玩，总是把这本书揣在怀里。

“她还跟我说，在孔子的门人之中，她最喜欢的就是子路。问她为什么喜欢，她回答：‘子路这个人特别正直，学了某个学问，还未实行之时，又听到其他新的事物，会感到痛苦。’其实我并不知道子路是什么人，不知怎样搭腔，就问她，这是不是就好比遇见了喜欢的人，在没有和对方结成夫妇之前，又爱上了另一个人，而感到苦恼是一回事呢……”

房东乐此不疲地谈论着这类风月之事。从他讲的这个事情推断，他常常出入这种地方，对这类刺激早已麻木了。只是习惯使然，每个月还是要去那里风流几次。宗助追问之下才明白，原来这位看似神态自若的男人，有时也会因纵情享乐而身心疲惫，需要躲进书房养一养精神。

宗助在这方面并非一无所知，所以不必装出感兴趣的样子，只是很自然地附和着，这样反而合了房东的意。坂井貌似从宗助平淡无奇的谈吐中，窥见到一段不同凡响的过去。可是，只要发现一点儿宗助不想回忆过去的迹象，他就立即换个话题。与其说是谈话技巧高超，不如说是出于礼貌，因此宗助没有丝毫不快之感。

二人渐渐地谈起了小六。房东对这个青年有一些不同的看法，就连同胞哥哥都没有意识到。宗助很有兴趣地倾听房东对小六的评价，并不在意是不是得当。比如说房东问，小六虽然拥有与他的年龄不相称的复杂而不现实的头脑，性格上却表现出不合年龄的单纯，简直像个孩子。宗助听了，立即点头赞同。回答他说，只接受过学校的教育，没有经历过社会教育的人，无论到了多大年龄，恐怕都会具有这种倾向的。

“是啊，与此相反，只受过社会教育，没受过学校教育的人，虽然会造就复杂的性格，但头脑永远像个孩子。或许这样的人更不好办。”

说到这儿，房东笑了笑，最后说道：

“我想跟你商量一下，让他到我家来做个学仆吧，多少可以算是社会教育吧。”房东说，原来的学仆在他家的狗生病住院的一个月前，就通过征兵体检，当兵走了，眼下家里没有学仆。

宗助喜不自禁，万没想到，安排小六去处的好机会，竟然同春天一起从天而降。迄今为止，从来没有勇气主动地向世人奢求好意和温情的宗助，突然听到房东主动提出来，不免大喜过望，而有些惶恐，不过，他马上想到，有可能的话，应尽早把弟弟安置在坂井家，由此省出的花费，加上安之助的一点儿补贴，就可以供小六上完大学，满足他本人的夙愿了。于是他把这些想法一五一十地告诉了房东。房东只是“是啊是啊”地倾听着，最后坦率地表示：

“这个法子很好啊。”这个事就当即说定了。

宗助觉得差不多该告辞回家了。他刚这么一说，房东却说“多坐一会儿吧”，留住了他。房东说，夜晚很长，现在天刚黑，还掏出表来给宗助看。看样子房东确实很无聊。宗助也一样别无他事，回去不过是睡觉。这么想着，他又稳稳坐下来，重新点上一支劲儿大的烟抽起来。最后，他也学着房东把腿舒舒服服地伸在柔软的坐垫上。

房东由小六联想到了自己的弟弟。

“说起来，有个弟弟还真是麻烦呢。我也有个混世魔王样的弟弟，可没少给我惹事呢。”

他说起自己的弟弟在大学里花钱如流水，和自己当学生时的俭朴相比较如何如何的种种往事。宗助问房东，这位追求享受的弟弟毕业后做了什么，发展得如何？由此窥见可怕的命运之一端。

“冒险家。”房东突然说出这么个没头没脑的词儿。

据房东介绍，他这个弟弟毕业后进入了一家银行。一天到晚把“我一定要挣好多钱”挂在嘴头上。日俄战争后不久，他不听哥哥的劝阻，号称要去寻求更大的发展，竟然跑到满洲去了。要问他在那边干出了什么门道来，只听说是参与经营一个规模不小的运输公司，通过辽河航运，向下游运送豆饼、大豆，可是没多久就破产了。虽说他不是出资者，但等到了结算的时候，也亏损很大。因此这个差事当然做不下去了，他本人也自然鸡飞蛋打，一蹶不振。

“从那以后，我也不知道他怎么样了，后来终于打听到了，着实让我大吃一惊。原来他漂泊到蒙古去了。我不知道他到底打算搞什么名堂，真为他牵肠挂肚啊！不过眼不见心不烦，只是心里头想想这家伙既然这样不安分，就由他去吧。他偶尔也来信，也就写写蒙古那种地方缺水，天热的时候，就往马路上洒臭水沟里的脏水。臭水沟里的水洒完了，就洒马尿，反正到处都是臭气熏天的……当然也跟我要过钱，但是东京和蒙古离得老远，我不理会他也就算了。谁料想那家伙去年年底突然回来了。”

房东突然想起了什么，把悬挂在壁龛里的一件带着漂亮流苏的装饰物取了下来。

这是一把装在织锦袋里的一尺长的刀。刀鞘是用绿色云母样的什么东西做的，有那么两三处已卷了边儿。刀身也就六寸长，刀刃很薄，但刀鞘的形状像六角形的橡木棍子那么厚。仔细一看，刀柄后头并排插着两根细棍儿。整个儿看上去，就好像是使刀把和刀鞘不分离的银头箍差不多。

“这是他带给我的当地特产，说是叫作蒙古刀。”房东说着，当即拔出刀来给宗助看。他还把插在刀把后边的两根象牙似的细棍儿也拔出来给宗助看。“这是筷子噢。听说蒙古人老是把这刀子挂在腰间，吃肉的时候，就用这刀割肉，同时用这双筷子夹肉吃。”

房东特意一手拿刀，一手拿筷子，模仿边切肉边吃的样子。宗助目不转睛地盯着这蒙古刀的精致做工。

“他还给了我一块蒙古人使用的毡子，其实跟以前的毛毡没什么不同的。”

房东把最近从那边回来的弟弟给他讲的事情一一学说了一遍。蒙古人擅长骑马啦，蒙古犬又瘦又长，很像西洋的猎犬，他们的地盘被挤压得越来越小了等等。对这些初次听说的新鲜事，宗助也听得津津有味。渐渐地产生了好奇，这位弟弟到底在蒙古干些什么呢？他问了房东后，“冒险家！”房东又果断地重复了刚才那句话。

“我也不清楚他在干些什么，他只对我说是搞畜牧，而且成功了。他的话根本不能相信。过去他就爱说大话蒙骗我。而且这次回东京办的事也很蹊跷，说什么要为蒙古国王筹借两万元。要是不帮着国王借到钱，事关自己的信誉，所以正为这事四处奔走呢。他第一个借钱目标就是我。我想，就算是蒙古国王，就算用大片土地作抵押，可是蒙古和东京远隔万里，连要债都去不了。所以我拒绝借钱，他就暗中去说服我的妻子，大言不惭地说什么：‘像哥哥这样谨小慎微，难怪干不成大事呢。’真叫人哭笑不得。”

房东说到这儿面露微笑，看着宗助格外严肃的样子，说：

“怎么样，你也跟他见个面如何？他特意穿了件肥肥大大的毛皮外衣回来，挺好笑的。我给你介绍一下。正好后天晚上，我叫他来家里吃饭……你可不要上他的钩，只要一声不吭地听他说话，保管你没有风险，只会觉得逗乐。”

禁不住房东再三劝说，宗助有些心动了。

“只是令弟一人来吗？”

“不，还有一个和他一起从蒙古来的朋友也会来的。那人姓安井，我还没有见过，弟弟一直想给我介绍，所以我才邀请他们两个人的。”

晚上，宗助面色苍白地跨出了坂井家的大门。

17

给宗助和阿米的一生涂上了晦暗色彩的那种关系，使他们离群索居，幽灵般的感觉总是挥之不去。他们隐隐约约意识到，在自己内心的某个角落，潜伏着人们看不到的结核性的可怕病灶，但是，他们彼此都表现得毫无感觉似的一起过了这些年。

当初，最令他们痛苦的，是因为他们的过错，安井的前途受到了影响。当这个如同沸腾泡沫般可怕的念头终于平复下来的时候，又听到了安井中途退学的消息。他们自然是断送安井前途的罪魁祸首。此后又传来安井回了乡下的传言。接下来得到了安井患病在家里休养的消息。每当听到安井的音讯，夫妻二人便痛心疾首一通。最后又听闻安井到满洲去了。宗助暗自揣测，想必他的病已痊愈了。又觉得去满洲的消息或许是假的吧？因为不论是从身体条件，还是个性来说，安井都不适合到那样的地方去。宗助想方设法地打听，探究事情的真伪。后来通过某个途径打听到了安井确实在奉天，而且还了解到他很健康，很开朗，也很忙碌。当时，夫妇俩望着对方，长长松了口气。

“还算不错啊。”宗助说。

“总比生病要好啊。”阿米说。

从那之后，他们都回避提起安井的名字，连想都不敢去想。因为是他们俩导致安井中途退学、返回乡里、患病卧床的，如今又将他驱赶到满洲，对这些罪过，无论他们怎样悔恨万分，也是无法挽回的，这就是他们的宿命。

“阿米，你有没有想过信仰什么呢？”宗助有时问阿米。

“想过啊。”阿米回答，马上又反问：“你呢？”

宗助只是淡淡一笑，什么也不回答。也不再追问阿米对于信仰具体是怎么想的了。对于阿米来说，信仰或许是一种幸福。因为她对于信仰这东西并没有什么鲜明的完整印象。两个人从不曾坐过教堂的长凳子，也从不进寺院的山门。他们只是凭借大自然赐予的岁月这个缓和药剂的力量，好歹使自己平静下来。偶尔从很远处突然出现的诉求，已经变得十分微弱，十分淡薄，同他们的肉体和欲求相去甚远，不必再用“痛苦”或“可怕”这类残酷的名词表现它了。说到底，他们的信仰，由于得不到神的庇护，也遇不到佛的保佑，因此他们以彼此为信仰的对象。他们紧紧相拥，渐渐形成了一个圆满的形态。他们的生活落寞，却平静安宁。在这种寂寞和安宁中，体味到一种甘美的悲哀。他们和文艺、哲学都无缘，不懂得了解自己的现状面的知识，所以，比那些处在相同际遇的诗人、文人更纯粹。

以上就是初七的晚上，宗助被坂井请去坐客时，得知安井的消息之前，他们夫妇的状态。

那天晚上，宗助回到家里，一看见阿米就说：

“我有点儿不舒服，想马上睡觉。”

倚着火盆，等了宗助半天的阿米，被他这话吓了一跳。

“你怎么啦？”阿米抬起眼睛望着宗助。宗助站在原地一动也不动。

在阿米的记忆里，宗助从外面回来，这副样子还没有见到过。阿米仿佛突然被某种恐怖念头袭击了似的站起身，机械地从壁橱里取出被褥，遵照丈夫的吩咐铺起床铺来。其间，宗助仍然呆呆地站在旁边瞧着。被子刚铺好，他就匆匆脱掉衣服，钻了进去。阿米没敢有离开他的枕边。

“出什么事了？”

“只是觉得心情不太好，这样躺一会儿就会好的。”

宗助的回答从被子底下传出来，这声音模模糊糊地传到阿米的耳朵里时，她满脸歉疚地坐在枕头旁，没有离开。

“你去忙吧，有事我会叫你的。”

阿米这才回餐室去了。

宗助盖着被子，闭上眼睛一动不动地躺着。他黑暗中，反复咀嚼着坂井对他说的话。宗助万万没有想到，安井在满洲的消息，会通过房东坂井的口得知。再过两天，他将和安井一样应房东之邀同时去做客，或是比邻或者相对而坐。直到今天吃完晚饭之前，他连做梦也没有预料到居然会有这种事情。宗助躺在床上，回想刚刚过去的两三个小时的经过，深感迷惑不解，这惊人的消息也来得太突然，太意外了，并感到悲伤。他并不认为自己是个只有这样借助偶发事件，突然从背后使绊才能摔倒那样的强者。他相信，抛弃自己这样懦弱的男人，会有许多更为稳妥的办法。

和房东从小六谈到坂井的弟弟，然后谈起了满洲、蒙古，坂井的弟弟回东京，直到安井……宗助越是逐一回想这些内容，越是觉得凑巧的事也太多了。难道说我是一个为了不断刷新过去的痛恨，遭遇这普通人难得遇见的巧合之事，而从千百万人之中挑选出来的人物吗？想到这里，宗助痛苦难耐，更愤愤不平。他躺在黑暗的被子里，嘘出了一大口热气。

这两三年来好容易愈合的伤口，又突然疼痛起来，伴随着疼痛还发了炎。创口再度裂开，有毒的风毫不怜悯地灌进去。宗助想，干脆把一切都告诉阿米，两个人一起分担痛苦吧。

“阿米，阿米！”他叫了两声。

阿米立刻来到他的枕边，俯身看着宗助。宗助把脸从被子里露了出来。隔壁屋子的灯光，照亮了阿米的侧脸上。

“给我倒一杯开水。”

宗助到底没有勇气说出想说的话，随口糊弄过去了。

第二天，宗助照常起了床，跟平日一样吃完了早饭，看到伺候他吃早餐的阿米脸上，也露出了放心的神色，他心里既高兴又可怜妻子。

“昨晚真是吓人啊，我还以为出了什么事呢。”

宗助只是低着头喝茶碗里的茶。他实在想不出该怎么回答才好。

那天，从一大早就刮起了大风，风卷着尘埃，不时地吹掉过往行人的帽子。阿米担心地提醒他，要是发烧就麻烦了，劝宗助休息一天。他充耳不闻，照常上了电车，缩着脖子听着风声和行驶声，眼睛怔怔地盯着一个地方。下车时，只听得“嗖”的响声，估计是电车顶上的钢丝集电杆发出的声音，抬头往天上一看，却意外地看见，凶猛的自然发威之时，竟然悄悄地出现了一个比平日都光辉四射的太阳。冷风吹透了西装裤子，宗助看见大风裹着沙尘，向对面护城河方向席卷而去，宛如斜洒下来的雨丝一样清晰可见。

坐在办公室里，宗助没有一点儿心思工作，手里捏着笔，支着下巴想心事。他时而一味地研着根本不用的墨汁，时而一根接一根地抽烟。忽而发觉什么似的，透过玻璃窗朝外面眺望。每次看窗外都是狂风大作的景象，宗助只盼着早点儿回家。

他终于熬到了下班时间，回到家里，阿米不安地瞧着宗助的脸问：

“你没事吧？”

宗助只好回答：“没事，就是觉得疲劳。”赶紧钻进有被炉下面，一直躺到吃晚饭。不久，太阳落山了，风也一起停了。与白天的喧嚣形成对照，四周一下子安静了。

“真是时候啊，不刮风啦。要是像白天那样刮个不停，坐在家里也怪害怕呢。”听阿米的口气，好像很怕刮大风。

宗助平静地说：

“今天夜里会比较暖和了。这个新年的天气还算不错。”

吃罢晚饭，宗助点上一支香烟，突然提议：“阿米，咱们去曲艺场吧。”这可真少见。阿米当然没有拒绝的理由。小六说他宁肯在家里烤年糕吃，也不愿意去听净琉璃，夫妇俩便拜托小六看家，一同出去了。

由于他们来晚了一些，场内已经坐满了人，两个人在没有放坐垫余地的最后面，半蹲半坐地挤了个地方进去。

“人这么多啊。”

“这不到春天了吗，当然人多呀。”

两人小声议论着，朝四周看了一圈。大大的房间里座无虚席。靠近表演台跟前，因烟雾弥漫，看着朦朦胧胧的。宗助心想，这黑压压的一片，看来个个都是有闲暇来这种娱乐场所，消遣大半个夜晚的人。不论看哪个人，都让他羡慕不已。

宗助集中注意力直视演出台方向，专心地听净琉璃大夫的说唱。可是，不管他怎样集中精神，都觉得没意思。他不时地偷偷瞅一眼阿米。每次都看见阿米的视线朝着表演者，全神贯注地听着，几乎忘掉了丈夫在身旁。在宗助羡慕的人里，应该把阿米也算进去。

中间休息的时候，宗助问阿米：“怎么样？该回家了吧。”

听到丈夫冷不丁这么一说，阿米吃了一惊。

“不喜欢听吗？”她问，宗助没吱声。

“怎么都行啊。”阿米的话音里带有不愿忤逆丈夫的意思。

宗助想到原本是自己提议带阿米来的，倒不觉生出些歉意了，所以克制自己坐着没走，直到散场。

二人回到家中，看到小六盘腿坐在火盆前，手里拿着一本书，一边烤火一边读，书皮都卷起来了，他也不在意。水壶从火上拿下来，放在一边，开水已经变凉了。盘子里盛着三四片烤年糕，能看见网子下面的小碟里吃剩的酱油。

“有意思吗？”小六站起身来问。

夫妇俩在被炉里坐了十来分钟，把身体烤暖和后，就准备睡觉了。

第二天，宗助的心情也和头天一样没有平静下来。下班后，他照例乘上电车，一想到今晚安井将会和自己先后到坂井家做客，他总觉得为了和那个人见面，自己这样飞快地赶回家去，很不合情理。另一方面，他也很想悄悄地瞧上一眼，看看安井后来变成什么样子了。

坂井前天晚上评价自己的弟弟是个“冒险家”，此时这声音又在宗助的耳畔大声回响起来。宗助从这句话里想象了所有自暴与自弃、不满与憎恨、乱伦与背德、妄断与任性的行为。进而想象至少会有此类表现之一的坂井的弟弟，与为了共同利益，同他一起从满洲出来的安井，究竟变成什么样的人了呢？他想象出来的画面，当然是在“冒险家”这个字面许可的范围之内，只不过是带有强烈色彩的东西。

宗助在脑子塑造出了这样一个被夸张了的堕落的冒险家，总觉得自己应当对此负全部责任。他只想看一眼来坂井家做客的安井，从他的外观上揣测安井现在的人品，希望得到安井没有自己所想象的那般堕落的慰藉。

宗助思考着坂井家不知有没有一块地方，便于他站在附近，窥探对方，而不被对方察觉。不幸的是，他想不起他家有这样一个藏身之地。如果他们是日落之后才来，自己不易被认出，可是，自己也看不清行走在昏暗中的来人的模样。

这时电车到了神田。宗助觉得像以往那样下来，换车回自家去，令他痛苦。他的神经已经不堪忍受走近安井要来的方向了，哪怕是一步。先前那种想要瞧一眼安井的好奇心，本来就不那么强烈，到了换车的时候，这个念头被完全压下去了。他像人们那样，在寒气袭人的街上匆匆走路，却不像其他人那样有明确的目的地。不久，店里的灯亮了，电车上的灯也亮了。宗助走进一家牛肉店喝起酒来。第一瓶一口气喝了下去，第二瓶勉强喝下去，第三瓶喝完了也没有醉意。宗助背靠着墙，像个无伴独醉的人，醉眼迷蒙地直盯着一个地方瞧。

正是吃饭的时间，来吃晚餐的客人一拨接着一拨。大多都是吃饱喝足了就结账走人。直到感觉自己孤独地坐在嘈杂的环境中，已经比别人多坐了两三倍之久，宗助才不好意思再坐下去，离开了餐馆。

街道被两旁店铺里的灯光照得很亮，连行人的穿衣戴帽都看得清清楚楚。不过这点儿光亮，对于寥廓霜天来说实在太微弱了。黑夜使家家户户的灯光如点点萤火，黑暗依旧笼罩着大地。宗助裹着一件同这暗黑色相配的黑黢黢外衣走在街头。此时，他发觉就连自己呼吸的空气也变成了灰色，吸入肺里的血管中了似的。

唯独今晚，宗助没有心情乘坐那发出叮叮当当声的、从面前匆匆来去的电车。他忘了同那些朝着目的地赶路的行人一起，加快脚步。他反躬自省，自己一直在扮演一个扎不下根的漂泊者的角色，这种状况若是长期持续下去的话，将会怎样呢？他为自己今后的生活忧心忡忡。从以往的经验推断，他是一直将“时间能愈合一切创伤”这句格言，从自己的经历里挖掘出来，深深刻印在胸中的。不料，这句格言在前天晚上彻底崩溃了。

宗助在黑夜中一边走，一边想着一定要从这种忧虑中逃脱出来。这种忧心实在是懦弱不安，心神不定，心胸狭窄，且显得卑鄙。他要在这种令人窒息的重压下，设法寻找一个拯救自己的有效办法，将造成这种压迫的原因——自己的罪孽和过失，从这一结局中清除了。当时的他，失去了考虑其他事情的余力，变成只为自己考虑了。迄今为止，他一直得过且过地生活，今后必须积极改变自己的人生观了。那样的人生观，只靠听人家讲讲是不成的，必须是从内心里变得强大才行。

宗助一边走，一边反复念叨着“宗教”两个字。可是，每次念“宗教”，都留不下一点儿印象，好比以为自己抓住了烟雾，一松开手就无影无踪了一样。“宗教”真是个虚无的字眼。

宗助由宗教联想起了曾经去参禅的事。他在京都的时候，班里有个到相国寺去参禅的同学。当时，他曾讥笑过那个同学愚昧。他心想“都什么年代了……”，看到那位同学的举止和自己没有什么不同，越发感到同学愚昧无知。

如今宗助回想起来，才发觉那个同学其实是出于去参禅比理睬他的蔑视更有价值的动机，不惜花费宝贵时间，到相国寺去参禅的，他为自己的浅薄深感羞耻。他想，果真像世俗所说的那样，靠参禅之力可以达到安身立命的境地，就值得去尝试一下，哪怕十天、二十天不去上班，也在所不惜。当然他在这方面完全是个门外汉，想不出具体实施的办法来。

终于回到家中，照例看到了阿米，看到了小六，然后看着熟悉的餐室、会客间、油灯和衣柜，宗助深深感到，只有自己一个人，是在非同寻常的状态下度过这四五个钟头的。火盆上坐着个小锅，从锅盖的缝隙里冒着蒸汽。在火盆旁边，自己常坐的地方仍然铺着那个坐垫，坐垫前已经摆好了餐盘。

宗助看了看特意底朝上扣着的饭碗和这两三年来一日三餐用惯的木筷，说：

“我不吃饭了。”

阿米显得很无奈似的说：

“是吗？我知道你回来晚，可能在外头吃过饭了，又怕万一没吃，所以就……”说着，用抹布捏着锅两边的把儿，放在壶垫子上。然后招呼阿清，过来把餐盘撤到厨房去。

一般来说，每当宗助因为什么事情，下班后在外面耽搁了回家晚了的时候，一回到家，总是第一时间把回来晚的原因简要地对阿米说明一下。阿米也习惯了，要是没有听丈夫解释一番，心里就不踏实。单单今天晚上，在神田下车的事，然后进牛肉馆喝了好多酒的事，他都懒得说了。一无所知的阿米仍然像平时那样，想听丈夫叙述一遍。

“其实没有什么特别的原因……只是忽然想到那个店里吃牛肉了。”

“这么说，你是为了消化才走着回来的？”

“差不多吧。”

阿米嘻嘻地笑了，宗助反而更不好受了。

“我不在家的时候，坂井先生没派人来叫我吗？”过了一会儿，他问道。

“没有啊。为什么这么问？”

“前天晚上去他家时，他说今晚要请我吃饭的。”

“又把你叫去啦？”

阿米有些惊讶。宗助没有再往下说，去睡觉了，可是脑子里却有什么东西吵吵嚷嚷地一拥而过。他时而睁开眼，看见那盏昏暗的油灯仍旧摆在壁龛里。阿米睡得很香甜。以前，宗助一直睡眠很好，而阿米则为睡不好觉折腾了好几个晚上。宗助闭着眼睛，心里想，自己现在也会清晰地听到隔壁屋子里挂钟的响声了，不禁为自己感到苦恼。最初，挂钟接连响了好多下。第二次听到“当”地响了一声。这混沌的声音如同彗星尾巴一样，在宗助耳朵里久久不去。接下来是响了两声，那声音甚为凄寂。在这段时间里，宗助决意努力振作精神，更加洒脱地生活下去。三点那次报时，他已经睡意蒙眬，好像听到，也好像没有听到。四点、五点、六点的报时声，他一点儿也没有听见。他做了个可怕的恶魔控制一切的噩梦，整个世界一直在膨胀着，天空翻卷波浪伸缩不停。地球犹如细丝吊着的小皮球，在空中剧烈摇摆着。七点敲过后，他忽然从梦中醒来，看见阿米像每天一样，微笑着守在他的枕旁。明媚的朝阳，早已把黑暗的世界赶到不知何处去了。

18

宗助怀揣一封介绍信踏进了山门。这封介绍信是一位同事的朋友给他写的。这位同事在上下班的电车里，总是从西服内口袋里掏出《菜根谭》来读。宗助对这方面一向没有兴趣，当然不知道《菜根谭》是本什么书。有一天，他和那位同事同坐一趟电车，问他看的什么。同事把那本黄色封皮的袖珍版书递到他眼前说“这书有趣得很”。宗助又问，都写了些什么？同事好像一时找不到可以一语概括的词语，只回答了一句妙言“是关于禅学的”。这句话宗助记得特别清楚。

拿到这封介绍信的四五天前，宗助来到这位同事身旁，突然问他：“你在研究禅学吗？”同事瞧着宗助那副严肃的神情，非常吃惊，只敷衍了一句：“不研究，只是为了消遣才看那种书的。”就避开不谈了。宗助有点儿失望地回到自己的座位上。

那天下班回家时，两人又坐上了同一趟电车。这位同事想起上班时看到宗助失望的表情，心里很过意不去，感觉他的问话里含有超乎一般闲聊的深意，便比之前热情地给他讲起了关于这方面的知识。但是他坦言自己还没有参过禅的经验。还说："如果你想了解更详细的内容，我倒有个朋友经常到镰仓去，我给你介绍一下吧。"宗助当即在车上把那人的姓名和住址记在了笔记本上。第二天，他拿着同事写的介绍信，特地绕了个大远，去拜访了那个人。宗助怀里的这个介绍信，就是同事当时坐在车里给他写的。

宗助决定向上司告请病假十天。对阿米也以身体不适为由，糊弄过去。

"最近感觉精神紧张，想请一个星期假，出去散散心。"

阿米觉得丈夫近来的状态有些反常，正担着心呢，所以见一向优柔寡断的宗助这回如此果断，非常高兴。不过，决定得这么突然，她还是大惑不解。

"你说出去散心，到什么地方去呢？"她瞪大眼睛问。

"我想还是去镰仓那边比较好。"宗助沉稳地答道。简朴的宗助和奢侈的镰仓简直八竿子都打不着，突然把两个东西联系在一起很滑稽，阿米忍不住笑了。

"哟，真是有钱人呀，把我也带上一起去吧。"

宗助现在没有闲心细细玩味爱妻这句玩笑。他一本正经地辩解：

"我可不是去那些花钱的地方享受啊。我只想找个禅寺，住上一周或十天，安静地放松一下心情。我不知道这样管不管用。别人都说，去了空气新鲜的地方，心情大不一样呢。”

“那当然不一样啊，所以你应该去呀。我刚才跟你开玩笑哩。”

阿米有些后悔，不该跟这位善良的丈夫打趣。第二天宗助就把那封介绍信揣在怀里，从新桥乘上了火车。

介绍信的封面上写着“释宜道师父”。

“以前他一直在寺里当杂役，最近听说，塔头[1]里的旧庵房在进行修缮，他就住在那里了。我看，你到了那儿之后再打听一下吧。那个庵房的名字好像叫一窗庵。”

那位同事给宗助写这张介绍信的时候，曾特意叮嘱过，所以宗助道了谢，接过信时，又询问了什么是“杂役”“塔头”，这些自己非常生疏的词汇，然后才回家。

一踏进山门，由于左右生长的高大杉树遮天蔽日，脚下的路一下子昏暗下来。当他感受到这寺里阴森森的空气时，立即觉悟到俗世与寺院中截然不同。站在寂静的寺院入口处，他第一次体味到一种战栗，很像患上感冒时的那种感觉。

宗助一直朝里头走去，左右两边，还有前面，都能看到一些像是佛堂或是大殿那样的房子，却看不见有人进出。所有一切都是寂寥而古老的。宗助想着去哪里打听宜道，站在没有一个人的小路中央，环看周围。

这座寺庙好像是建在山脚下开辟出来的土地上，向坡上

---

① 寺院里的小寺。

延伸了两百米左右，寺的后面依靠着参天大树。道路两旁也受到山和丘陵地势的制约，并不平坦。看到两三处寺院式样的高门，建在那些高出来的地方，从下边垒着石阶。还看到多处在平地上环绕围墙的寺院。宗助走近一看，院号或庵号的匾额都悬挂在门瓦下面。

宗助边走边看了一两块金箔斑驳的旧匾额。他忽然想起，要先找到一窗庵，如果介绍信上写的这位僧人不在那里的话，再往里面去打听比较快些。于是他返回来，从塔头逐一查找，原来一窗庵就在一进山门，靠右手的高石阶上。由于处于山丘边缘，日照充足，前有暖洋洋的玄关，后靠山窝的温暖怀抱，这得天独厚的位置，看得出足可抵御严寒。宗助穿过玄关，从厨房走进里面。来到拉门外面时，他喊了几声“有人吗”，却不见一个人出来。宗助站在原地，窥探里面有没有人。等来等去，仍然听不到任何动静，宗助觉得很奇怪，又从厨房返回山门。这时，他看到一个刚剃过头的僧人从石阶下面走上来。看样子，只有二十四五岁上下，面色白皙而年轻。

宗助站在门边等他上来后，问道：“请问，这里有位宜道师父吗？”

“我就是宜道。”年轻僧人答道。

宗助略为惊讶，也很欣喜，立即从怀中掏出那封介绍信递过去。宜道站着拆开信封，读了信，然后把信叠好，放回信封里。

“欢迎！”宜道恭谨地低头行礼后，走在前面给宗助带路。两个人来到厨房入口，脱掉木屐，打开格子门走进房间里。屋内有个大地炉。宜道脱掉套在深灰布衣外面的薄薄的粗布法衣，挂在钉子上。

“觉得这里很冷吧？”他说着把深埋在地炉里头的木炭从炭灰下挖出来。

这位僧人虽然年轻，说话却不慌不忙的。他轻声回答了宗助的提问之后，会浅笑一下，给宗助的印象有些女气。宗助心里暗自揣测，这个青年究竟是因什么机缘，毅然剃度出家的呢？看他那安详的样子，不由心生怜悯。

“这里真安静啊，今天别人都不在吗？”

“不光是今天，平时也只有我一个人。所以有事的时候，我就敞着门出去。刚才也是不巧去下面办事，让您久等，失礼了。”

此时，宜道再次向远道而来的客人表达刚才失迎的歉意。宗助过意不去地回道：

“这么大的寺院，只你一个人看管，想必很辛苦，我一来，还要给你增添麻烦。”

于是宜道说了句很得体的话：

“哪里，不用客气，这也是为了修行。”

然后告诉宗助，现在除了他之外，这里还住着一位居士。这位居士进山里修行已有两年了。两三天后，宗助才见到了这个居士。他是个乐观的人，长着一张好笑的罗汉脸。他提着三四根细长的白萝卜，对宜道说“今天买来好吃的了”，让宜道熬了一锅萝卜吃，宗助也陪着一起吃。宜道笑着告诉宗助，这位居士是脸长得很像僧人，所以常常混在僧人里，到村子里去念经化斋。

此外，宜道还给宗助讲了好些俗人进山修道的趣事。其中有个贩卖笔墨的人，他背着一大包货物，在这一带行商了二三十天，直到货卖得所剩无几之后，就回到山寺里来参禅了。过了一段时间，又没有吃的了，就重新背上笔墨出去兜售。他就是这样过着双重生活，犹如循环小数那样，循环不已，毫不厌倦。

宗助将自己内心的生活状态，与这些人心无牵挂、随性度日相对比，赫然惊叹差距竟如此悬殊。宗助想不明白，这些人是因为天性开朗而来参禅的呢，还是因为参禅使他们变得开朗了呢?

“光是乐观可不行。若是可以此为乐，就没有人去当苦行僧，四海云游二十年、三十年了。”宜道说。

宜道还给宗助说明了参禅时的一般常识，以及老师会给他出问答题，对这问答题务要不分早晚、不分昼夜地冥思苦想方可。这些提醒听起来都像是对此时的宗助有些不放心似的。

“现在到你的房间去吧。”宜道说着站起身来。

宗助跟着宜道从这间有地炉的房间出来，横穿过正殿，一直走到最边上的一间六铺席房门前，拉开格子门走进去时，宗助才切实感到自己一个人来到了离家很远的地方。也许是头脑对这里幽静的氛围反应吧，他反而觉得比在城里时更心神不安了。

约莫过了一个小时，又听到宜道从正殿走来的脚步声。他恭敬地在门槛上双膝跪地，对宗助说道：

“老师想见见你，现在方便的话，就跟我去吧。”

两个人又一起离开了寺院，沿着山门那条路往里走了一百来米，宗助看到左边有一个莲花池。天寒时节，但见池水浑浊淤滞，毫无清净闲寂之雅趣。不过，一间檐廊围有栏杆的房屋一直延伸至正前方高高的石崖边，给四周平添了文人风景画般的风韵。

“那里就是老师住的地方。”宜道指着那座比较新的房子说。

两人从莲花池前边走过去，登上五六级石阶，仰望着眼前这座大伽蓝的屋顶，向左拐去。快走到玄关时，宜道说了声：

“请稍等一下。”就绕到后门去了，不一会儿，他从里面走了出来。

“请进去吧。”宜道领着宗助进入老师的住处。

这位老师五十岁左右，面色红黑发亮。看他的皮肤和肌肉都很紧实，无可挑剔，在宗助眼中宛如一尊铜像。只是他那嘴唇过厚，有几分松弛。但他的眼睛里却闪烁着凡夫俗人所没有的风采。宗助初次接触他的视线时，仿佛看到黑暗中突然划过一道锋利的刀光。

“不论你从哪里来，在这里都是一样的。”老师开口对宗助说，“父母未生之前的本来面目是什么？我看你还是先思考一下这个问题吧。”

宗助虽然对“父母未生之前”的意思不甚明白，但是他判断，大概就是自己这个人，究竟是什么，探究本体是何物吧。若是向老师询问，则显得太缺乏禅门知识，所以宗助一句话也没说，又默默地和宜道回到了一窗庵。

吃晚饭时，宜道告诉宗助，入室的时间是每天早晚两回，讲经的时间是上午等等。

“今晚你恐怕还来不及思考，不必去了，明天早上或晚上，我来叫你。”宜道亲切地对他说。然后又提醒宗助注意，刚开始参禅的人长时间打坐会受不了，可以点上香，来计算时间，累了稍微休息一下比较好。

宗助拿着香，穿过正殿前面，进入自己那个六铺席房间，茫然坐下来。从他的角度来说，参禅问答题云云，与自己现在的心境毫无干系似的。就好比自己现在肚子疼，为了治肚子疼到这里来，却莫名其妙地给自己出了一道数学难题，让自己先思考一下，说是对症疗法。叫我思考，当然不是不可以，但是治好腹痛之前，让人怎么思考呢？

不过，他是特地请假来这里的。对于给自己写介绍信的人，还有各方面关照备至的宜道，绝不可做出轻率之举。宗助决心拿出自己眼下所有的勇气，思考老师的提问。这样的思考最终会把他引向何处，会给他的心境带来怎样的结果，他自己也不知道。他是被叫作“悟”的美名所欺，企图尝试一次同自己的性格不相符的冒险。而且他抱着不确定的希望，这次冒险如果成功的话，有可能把惴惴不安、懦弱不堪的自己拯救出来。

宗助在冰凉的火盆的灰烬中点燃了细长的线香，然后遵照宜道的指点，在坐垫上打坐。白天还不觉得多冷，可太阳一落下，房间里就骤然变得寒冷起来。宗助打坐时，只觉得脊背上寒气袭来，冷得受不了。

宗助思考起了那个问题。可是无论思考的目的，还是问题的实质，几乎都是无法捕捉的空泛之物。他一边思考，一边怀疑自己是不是在做一件非常迂陋的事？他觉得自己此时的所为，要比去火场救火之前，临时找出详细地图，查找具体町名和门牌号码的做法，更好笑、更离谱得多。

种种事情走马灯似的在他脑子里闪过。有的事情鲜明地浮现在眼前，有的混沌一片，如云雾弥漫。也不知道它们是从何而来，向何处去。只是一个刚刚消失，又紧接着出现了下一个，这样连续不断地层出不穷。往来于脑海的乃是无限、无数、无尽藏，决非宗助下命令就能够停歇下来的。越是想斩断思绪，越是滚滚涌出来。

宗助恐惧起来，赶紧唤醒自我，眺望室内。室内在微弱的灯光下十分昏暗，只见插在灰烬中的线香才燃了一半。宗助第一次感到了时间漫长得可怕。

宗助又开始了思考。于是某种有色的东西和有形的东西从脑子里接连通过，就像成群结队的蚂蚁般往前蠕动着，紧接着又是一群蚂蚁过来了……一动不动的只有自己的身体。宗助的心在痛苦不堪地翻腾着。

渐渐地，一直坐着不动的身体，也从膝盖处疼起来了。本来挺得笔直的脊柱也一点点向前弯曲着。宗助两只手抱着左脚，把它从右腿上放下来。他毫无目的地站了起来，很想拉开格子门到外面去，在门前跑几圈儿。夜里四下一片寂静，无论是睡了的还是没有睡的人，好像都不存在了似的。宗助又不敢出去了。可是，一动不动地活活忍受着冥思苦想的折磨，更让他害怕。

他咬了咬牙，又重新点了一炷香，结果几乎是重复了一遍刚才的程序。最后，他灵机一动，倘若思考是目的的话，坐着思考和躺着思考不是一样的吗？他把角落里的那床脏铺盖打开，钻进了被子里。结果，疲劳已极，宗助根本没来得及想什么，便沉沉入睡了。

宗助醒来时，发现枕边的拉门不知什么时候透亮发白了，白色糊纸越来越亮了。白天也不需留人看门的山寺，到了夜里也听不到关门的声音。宗助刚一意识到，自己现在并不是睡在坂井崖下的昏暗房子里，便立即起来了。他来到走廊上，房檐跟前一棵高大的仙人掌映入眼帘。宗助又从正殿的佛坛前穿过，来到昨天那个有地炉的餐室。宜道的法衣像昨天一样挂在钉子上，他本人正蹲在厨房的灶台边烧火。

“早上好。”一看到宗助，宜道就客气地施礼问候，“刚才我去找你，看你睡得很熟，就没叫你，一个人去了。”

宗助这才知道，这位年轻僧人是今天清晨参完禅之后，回来做早饭的。

宗助看到他左手不停地添加着柴火，右手拿着一本黑封面的书，好像是抓紧零散时间看书呢。宗助问宜道是什么书。他说是《碧岩集》①，书名很古怪。宗助心想，与其像昨晚那样

---

① 即《碧岩录》，全称《佛果圜悟禅师碧岩录》，是宋代著名禅僧圜悟克勤大师所著，共十卷。内容以禅宗百则公案为主，被称为勘验禅者心地禅深浅的“教科书”。自宋代以来，被列为“禅门第一书”，备受推崇，是禅僧参禅悟道的必读之书。

漫然冥想，不如借来这类书看一看，或许是获得要领的捷径。宗助对宜道一说，宜道坚决地否定了他的想法。

“读书不是什么好事。可以说，没有比读书更影响修行的了。我们虽然也读《碧岩集》这样的书，但是遇到超过自己理解能力的地方根本看不懂。如果养成了随意揣摩其意的习惯，读书就会成为参禅时的妨碍，你总是试图预见超出自己所见之上的境界，或是被动地等待觉悟，本应当充分深入去思索之时却止步不前。由于读书对修行有害，还是不看为上。如果你特别想要看点儿什么的话，那就看看《禅关策进》[①]这类鼓舞和激励人不断努力的书吧。其实看这种书也是为了鞭策自己，与禅道无关。”

宗助不太明白宜道的意思。他站在这位头皮剃得发青的年轻僧人面前，感觉自己就像个低能儿。他的自负心早在京都就已经消磨殆尽了。他是以平凡为自己的本分活到今天的，没有比功成名就更与他无缘的了。宗助只是以他的本来面目站在宜道的面前，而且他不得不承认，如今自己是个比以往的自己更无为无能的赤子。对他来说这是个新的发现，也是彻底地根除自尊心的发现。

在宜道灭掉灶里的火，焖饭的时候，宗助从厨房下到院子里，去井台边洗脸。看到不远处有一座灌木丛生的山，在山坡的平坦地方，开辟出了一块菜园子。宗助不顾脑袋湿漉漉的，

---

① 中国明朝云栖寺僧人袾宏（1535—1615）著。一卷，分前后二集。

在冰冷的空气中往菜园子走去。他发现紧挨着山崖挖了个大洞。宗助站在大洞前，朝着黑洞洞的洞内看了一会儿，然后回到餐室。只见地炉里生起了火，铁壶里的水正沸腾着。

“没有人手，饭做晚了，不好意思。马上就开饭。只是这地方没什么好吃的东西，请多担待！不过明天争取让你泡个澡吧。”宜道对他说。宗助满心感谢地在地炉对面坐了下来。

吃过饭后，宗助回到了自己房间。他又凝神思考起了“父母未生之前……”那个稀奇古怪的问题。可是，这本来就是个不合逻辑、根本无法深入下去的问题，不管怎么思考，也找不到一点儿头绪，所以很快就厌倦了思索。宗助忽然想起，应该把已到达这里的消息告诉阿米。他很高兴有俗事可干，立即从皮包中掏出信纸和信封，开始给阿米写信。首先写了这地方很幽静，大概靠近海边的缘故，比东京暖和多了，空气非常清新，接待自己的僧人很亲切，饭菜不好吃，寝具也不干净等等，不知不觉写了三尺多长才搁了笔。诸如思考题苦不得解，坐禅时膝关节疼痛难忍，因冥思苦想，神经衰弱日趋严重之类，一概避而不提。他在信上贴了邮票，以发信为由，急忙下了山。在山下的村子里，他满脑子想的都是“父母未生之前”的问题，还有阿米，以及对安井的担忧，四处转悠了半天，才回寺里。

中午，宗助见到了宜道对他说过的那位居士。居士伸出碗让宜道盛饭的时候，没有说一句客套话，只是双手合十行礼，点头示意一下。居士说，这样安静行事是佛门礼法。不说话，不发出声音，是出于避免干扰思考的精神。原来应该这样一心不乱地修行，联想昨晚到现在自己的做法，宗助不禁赧颜。

饭后，三个人围在地炉旁聊了一会儿。居士说，他坐参禅时不知不觉打起盹来，当他即将睡醒时，心想“啊，我开悟了”而喜不自胜，等到睁开眼睛一看，还是原来的自己，又甚感失望，他这样说，逗宗助笑。没想到也有抱着如此乐观的心态参禅的人，宗助多少感到宽慰。当三个人准备回各自房间的时候，宜道认真地提醒宗助说：

“今晚的入室，我会来招呼你同去，所以，请你从现在一直坐到傍晚。”

宗助听了，又增添了一种责任感。他怀着胃里滞留着个不好消化的硬团子般的忐忑心情，回到自己屋里。又焚了支香，开始打坐。然而，还是没能坚持到夕阳西下。不论什么回答，都得想好一个应付老师，宗助虽然这么打算，无奈最后筋疲力尽，一心只盼着宜道早点儿穿过正殿，来通知自己去吃晚饭。

太阳在宗助不胜懊恼和疲惫的时候渐渐西斜了，随着映在格子门上的光影逐渐远去，阴冷的空气从地板下面冒出来了。从早晨起，树枝就没有一点儿被风吹动过。宗助来到檐廊上，仰望高高的房檐，只能看见齐刷刷一长溜黑黝黝的瓦口，以及平静如水的天空，正在将暗蓝色隐没于天际，自行消失不见了。

19

“小心脚下。”宜道说完，先一步走下黑乎乎的石阶，宗助跟在他后面走下去。和城里不一样，山里到了夜晚路不好走，所以宜道点着提灯，好歹照出一小段路。刚下了石阶，大树的枝丫便从道路两边伸展到他们头顶上方，夜空都被遮蔽了。在黑暗中，那苍绿叶色几乎要渗透二人的衣服似的，令宗助浑身发冷。就连提灯也好像映上了那绿色。也许是因为宗助一心在想象粗大的树干吧，提灯显得格外微小，地面也只照亮了几尺远。所照之处变成一小片灰色落在黑暗中，跟随着两个人的影子向前移动。

他们走过莲花池，上了左边的石阶之处，对于初次走夜路的宗助来说，脚下有些力不从心。有一两回，他的木屐齿被深嵌土中的石头绊住。虽说有一条从莲花池前面插过去的近道，但那条路坑坑洼洼的，宜道考虑到宗助初来乍到，宁可绕远走平坦些的宽路。

一进玄关，便看见昏暗土间地上已经排列着不少木屐。宗助怕踩到别人的鞋子，猫着腰，小心翼翼地悄悄登上榻榻米。房间约有八铺席大。六七个男人沿着墙壁并排坐着，其中夹着个穿黑色法衣的光头僧人，其余的人都穿着裙裤。这六七个人都很规矩地侧身而坐，留出通向入口和里屋的三尺宽通道，没有一个人说话。宗助瞧了这些人一眼，便被他们那严峻的表情震慑了。这些人都紧闭着嘴，深锁眉头，对旁边坐着的人，外面有什么人进来，一概目不斜视。他们犹如活人雕塑一般，肃然坐在没有一点儿火星的屋子里。宗助又感受到了超越山寺的严寒之上的庄严气氛。

终于，在一片寂静中听到了脚步声，起初声音很轻微，逐渐变大，一步步踩着地面走近了宗助坐的地方，直到一个僧人出现在过道入口。他从宗助身边走过去，默默地走进了外面的夜色中。紧接着，远远从里面响起了摇铃的声音。

这时，和宗助并排肃然而坐的人里面，一个穿着小仓布裙裤的男人，也同样默默地站起来，走到屋角，在正对着过道口的地方坐下来。那里有个二尺高一尺宽的木架，吊着一个形似铜锣，却比铜锣厚重得多的东西。在暗淡的灯光下，是青黑色的。穿裙裤的男人，拿起台子上的撞钟锤，对准铜锣似的钟的正中央敲了两下，然后猛地站起来，走出通道，朝里面走去了。这回和刚才那个人相反，他的脚步声是渐渐远去，越来越小，最后突然停在什么地方了。宗助心里一惊。他猜测这个穿裙裤的男人，刚才是否遇到了什么情况。然而，里面静悄悄的，安静极了。和宗助并排坐着的几个人都面无表情，没有一个人露出惊讶之色。唯独宗助在心中等待着里面传来什么动静。这时铃声忽然又传到他的耳朵里，与此同时，又响起了沿着长长的走廊渐渐走近的脚步声。穿裙裤的男人又出现在了过道口。他默然无语地走出玄关，消失在霜天里。与他相交错，又有一人站起来去敲那口钟，然后沿着走廊，嘎吱嘎吱地走到里面去。宗助看着他们这样在无声无息中轮番出去，两手放在膝头，等着轮到自己。

当宗助前边隔着一个人的那个人出去后，过了不久，从里面传来“哇”的一声叫喊。那叫声距离很远，所以没有刺激到宗助的耳膜那么大，但确实是大声喊出来的。而且这叫声无疑是从一个人的喉咙发出的、带有个人的特点。宗助前面的人站起来的时候，他意识到马上就要轮到自己了，更加着慌了。

对于前几日老师提出的问题，宗助已经准备了自己的解答。但这答案不过是没有一点儿把握的肤浅东西。现在既然要入室回答，就必须说出些见解，所以他只得将不像样子之处刻意修改得像点儿样子，好歹度过这一关。他做梦都不曾想过，自己可以凭借这种心里没底的解答侥幸过此难关。他绝不想欺骗老师。因为此时的宗助是较为认真的。眼下他为自己的无知而感到羞愧，只能带着这些凭空想出来的、画饼充饥般的东西，硬着头皮进去应对师父。

宗助学着别人的样子敲了钟。虽然敲了钟，但他清楚自己还没有和别人一样用撞钟锤敲击这口钟的资格。他为自己像猴子似的模仿人敲钟，深感厌恶。

宗助对心虚的自己感到畏惧，他走出玄关后，走上了冰冷的走廊。走廊很长，右边的屋子全都是黑黑的。拐过两个拐角后，看到前方尽头的拉门透出亮光。宗助走到那个拉门边站住了。

进入室内后，按规矩要向老师行三拜之礼。行礼的方式就像一般人跪拜那样，头贴近铺席，同时将两手掌心向上伸开，放在头部两边，像捧着东西似的稍稍抬至耳畔。宗助以跪在门槛旁的姿势，行了跪拜礼。

这时，听见房间里有人发话：

“一拜即可。”宗助便就此打住，进入室内。

屋里只点着昏暗的油灯，那微弱的灯光就连大号字的书也看不清楚。宗助根据以往的经验，不曾见过在这种暗淡的灯光下做事的人。这灯光当然比月光要亮，而且不像月光那样苍白。但是，它会具有让人一不留意便陷入朦胧之境的可能。

借着这盏静谧的恍惚灯光，宗助看到离自己四五尺远的对面，坐着宜道所说的那位老师。他的古铜色脸庞如铸铁一般纹丝不动。他裹着一件似茶色似柿子色又似褐色的法衣，手和脚都看不见，只能看到脖子以上。他的神情极其严肃而专注，仿佛永远都不必担忧会发生变化般的让人倾倒。他的头上一根头发也没有。

颓然坐在这样威严的老师面前，宗助只说出一句话，就不知该说什么了。

“要有自己的想法，这么肤浅怎么能行啊？”老师马上点评，“这等程度的解答，稍微有点儿知识的人都会的。”

宗助如同丧家之犬般退了出来，身后又响起了急促的摇铃声。

20

听到拉门外有人连喊了两声“野中先生，野中先生”，宗助在半梦半醒中答应了一声，没等回答完，他就失去了意识，酣然入睡了。

当他再次睁开眼睛时，一骨碌跳起来，走到廊缘上，看见宜道扎起深灰色布衣袖子，正不辞辛劳地擦着地面。他用冻红的手拧着抹布，照例温和地笑着向宗助问了声“早安”。

看来，宜道今天早晨也是早早地参完禅后，回到庵里干起活来的。宗助想起他特地来喊自己，还是没能起来，为自己这般懒散深自惭愧。

“今天我又睡过头了，真是对不起！”

宗助轻手轻脚地穿过厨房门，到井台边去了。他打来冰凉的井水，尽快洗了脸。胡子几日没刮，摸着有点儿扎手了，可是，宗助现在无暇在乎这个了。他只顾着把自己跟宜道对照着反思自己。

在东京去拿介绍信时，宗助听对方说，这位宜道和尚是个厚道的大好人，现在已经修行到一定层次了。可见到他，还真是恭敬礼貌，简直像个目不识丁的小仆人。看他那撸起袖子干活的勤快劲儿，哪里像是一个管理寺庙的主人，更像个杂役或是小沙弥。

听说这位个头不高的年轻僧人，出家之前，到这里来修行的时候，一连打坐了七天没有移动一下。最后脚疼得站不起来，只能扶着墙一点点儿往前挪动身体。那个时候，他还是个从事雕刻的人。当他终于彻悟之时，激动万分地跑上后山，大声喊叫“草木国土，悉皆成佛”[①]，后来就剃度出家了。

宜道接手此庵，已有两年了，据说他从来没有铺好床，舒舒服服地睡过一觉。即便是冬天，他也是穿着衣服，坐着倚墙打盹。当杂役那个时候，连老师的兜裆布都让他洗。他稍微偷懒坐一会儿，就会有人在背后找他的碴儿，说他的坏话。他多次后悔当初为什么要削发为僧，难道是前世的报应吗?

“现在终于不觉得那么苦了，但是还差得很远呢。修行确实是很苦的，如果那么容易的话，我们再愚蠢，也不会受这十几二十年的苦啊! ”

宗助只觉得怅惘。他恨自己没有耐性和精力，再说不经过那样漫长的岁月就不能悟道的话，自己跑到这山里来干什么

---

① 大乘佛教偈语，意思是万物中都宿有佛性。这一思想也成为日本人对自然的崇拜与敬畏的根源。

呢？由此产生一个最基本的矛盾。

“修道是绝对不会一无所获的。坐十分钟禅收获十分钟功德，坐二十分钟禅就获得二十分钟功德。如果一开头就能很好地坚持到底，以后不必像我这样待在这里，也没有问题。”

碍于情理，宗助也不得不回到自己屋里坚持打坐了。

这时宜道来了，告诉宗助：

“野中先生，老师要讲道了。”

宗助听了，打心眼儿里感到高兴。他正为那些像徒手抓刺猬一样无从下手的难题而苦恼，打坐时仍苦思不解，心烦意乱，实在熬不下去了。只要是能消耗体力的事，干什么都行，他真想多少活动一下身体。

讲经的地方离一窗庵也有一百米远。从莲花池前边走过去，不向左拐，一直朝前走到头，就能从松树间望见那威严耸立的高大飞甍。宜道怀里揣着那本黑封面的书，宗助当然没拿什么。来这寺里后，他才知道，所谓讲经，就是学校里所说的讲课之意。

与高高的天花板成比例，室内空间很大，且很冷。变了色的铺席和古老的柱子也很协调，仿佛讲从前的故事般古老。坐在这里的人们看着也都很朴实，各人按照排序坐在自己的位置上，没有一个人喧哗嬉笑。僧人全都穿着藏蓝色的麻布法衣，面朝正面的曲录椅[①]，排成左右两列，相向而坐。那曲录椅漆

① 做法事等时禅僧坐的椅子，靠背和扶手为弧形。

的是朱红色。

等了一会儿，老师出现了。眼睛盯着铺席的宗助，根本不知道老师是从哪里出来，走的什么线路。只看见他那镇定自若地坐在曲录椅上的庄严姿态。这时，一个年轻僧人站着解开紫纱绸巾，拿出书来，恭恭敬敬地摆在老师面前的桌子上，对老师行礼后退了下来。

这时候，堂上的僧人一齐合掌，开始诵读梦窗国师[①]的遗诫。坐在宗助前后的居士们，也都和着一个腔调齐声诵读起来。宗助觉得听起来是一种有点儿像诵经，又有点儿像日常说话那样的带有节奏的文字。

“我有三等弟子。即毅然放下世俗诸缘，一心究明之己事者，称为上等。修业不纯，好驳杂之学，乃是中等。”云云，是一段不长的文字。宗助起初不知道梦窗国师是何人。是宜道告诉他才知道的，这位梦窗国师和大灯国师[②]都是禅门中兴之祖。宜道还给他讲了大灯国师的一件事。他平生因跛足不能完美地打坐而抱恨，临死时，发了狠话：“这回我可以做自己的主了。”把病腿强行扭过来打坐，法衣都被鲜血染红了。

随后开始了讲经。宜道从怀里掏出那本书，打开书翻到一半，放在宗助面前。这书是《宗门无尽灯论》[③]。

第一次来听讲的时候，宜道就告诉过宗助“这是一本好

---

① 梦窗国师（1275—1351），日本临济宗僧，开创了位于京都岚山山麓的天龙寺。他还是一位著名的诗僧，对日本诸多名寺名园的建造也做出了卓越贡献。

② 大灯国师（1281—1336），日本临济宗僧，大德寺开山祖师。

③ 日本临济宗僧东岭圆慈（1721—1792）著。

书”。这是白隐和尚[1]的弟子东岭和尚编的，主要是讲解参禅之人要循着由浅显学起，逐渐深入的途径，随着产生的心境变化等等，写得很有条理。

宗助是从中途开始听讲的，虽然不太明白，但讲经人口才极好，默默地聆听时，有的地方非常有趣。而且为了鼓舞参禅者的缘故吧，老师插进了一些从古至今苦修此道之人的逸闻趣谈，使得讲经更加精彩。这天也是如此，但是讲到一个地方时，老师突然改变了语调，对参禅不够专心的人提出了告诫：

“近来有人对我诉说，在室内参禅时，总是胡思乱想，心静不下来。”

宗助听了不由得一惊。因为入室时，对老师那样说的人正是他自己。

一小时后，宜道和宗助又一起回了一窗庵。走在路上，宜道说：

“老师常常在讲经的时候，那样批评不用功的参禅者。”

宗助没有说话。

① 白隐慧鹤（1685—1768或1686—1769），日本僧人、艺术家和作家。伊豆龙泽寺鼻祖。佛教里临济宗的中兴祖师，被誉为“五百年间出的大德”，是日本佛教史上一位伟大的禅师。

21

宗助在山中参禅的日子就这样一天天地过去了。阿米写来了两封长信。两封信里都没有写什么让宗助烦扰的事。宗助也不像平素那般顾念妻子，一直拖着没有回信。他觉得，如果在离开山寺之前，不能想明白上次那个问题，是白白来这里一趟，也对不起宜道师父。每当深夜无眠之时，他就会感受到由此而来的难以名状的压力。因此，随着在寺中朝暮更迭，日复一日，仿佛身后被人追赶似的焦虑不安。可是，除了最初自己的解答之外，他想不出一点儿接近正确答案的好办法。他绞尽脑汁，还是认为最初的理解比较靠谱。不过这仅仅是推理出来的，并不能让自己有所收益。宗助想抛开这个靠谱的解答，追求更正确的解答，却总是徒劳无果。

他在自己房间里独自思考，累了就从厨房到后面的菜园子里去，钻进崖下的那个洞里，一动不动地打坐。宜道说过："坐禅不可心神涣散。要让自己渐渐集中注意力，凝聚精神，最后变成铁棒一般才行。"这话听得越多，实行起来就越困难。

"因为你头脑里有所企图，所以总是不能专注。"宜道又告诉他。宗助越来越不知如何是好了。他忽然想起了安井。如果安井经常出入坂井家，暂时不回满洲的话，他们还是尽早搬到别处去比较明智。与其在这里流连，就不如早日回东京，解决这件事更现实一些。再继续耗下去，要是阿米知道了，更不好办了。

"像我这样的人，是不可能开悟的。"宗助一见到宜道，就泄气地对他说。这是他回家两三天前的事。

"哪里，只要有信念，谁都能开悟的。"宜道毫不踌躇地回答，"笃信法华者，当如梦中击鼓一般。若你感到从头顶到脚趾无不由公案[①]获得充实之后，新天地自会顷刻间现于眼前。"

宗助深为自己的境遇和性格都不适于盲目地进行这样剧烈修行而悲伤，况且，自己在山中的日子是有限的。他觉得自己真是愚蠢，为了快刀斩乱麻，竟冒冒失失地跑到山里来了。

宗助虽然这样想，但不敢对宜道直言相告。因为他对这位年轻禅僧的勇气和热忱、真诚与热情，一直发自内心地敬重。

---

① 即禅门问答。

“古人云‘道在迩而求诸远’[①]，确实不假。虽在咫尺之近，终无所悟。”宜道遗憾之色溢于言表。宗助又回到自己屋里，点了新的线香。

不幸的是，这种状态一直持续到宗助出山那天，也没有开拓出可喜的新局面。到了临走那天早晨，宗助决然放弃了不舍之念。

“多谢师父这些日子多方照顾。虽然很遗憾，也无可奈何。恐怕近期不能再见面了，还请多多保重。”宗助这样向宜道辞别。

“哪里谈得上照顾，多有不周，让您受苦了。不过，尽管参禅时间不长，也有了很大变化。您这一趟绝对没有白来啊。”宜道有些过意不去地说。

宗助明明知道，自己简直像是为了消磨时间而来这儿的。宜道这样宽慰自己，是因为自己太没有毅力了，暗自惭愧不已。

“悟性的早晚，在于人各自的特性，没有优劣之分。有的人入门很快，而后便徘徊不前；有的人虽初时久不开窍，可到了最后关头，却能够豁然顿悟。绝不可轻言放弃，诚心至关重要。像已故的洪川和尚[②]，原先尊崇儒教，中年开始修行，出

---

① 孟子《离娄上》第十一章。“道在迩而求诸远，事在易而求诸难。人人亲其亲，长其长，而天下平。”译文：“道在近处却到远处去找，事情本来很容易却往难处做。只要各人亲爱自己的双亲，尊敬自己的长辈，天下就太平了。”

② 洪川和尚（1816—1892）镰仓圆觉寺住僧。著有《苍龙广录》《禅海一澜》。

家后三年期间一无所得。便自叹‘我业障太深，无法悟道’。每天早晨向厕礼拜，终于成为得道的高僧。这些都是很好的例子。”

宜道讲了这个事例，意在提醒宗助，回到东京以后，也不要将修行之事完全放弃。宗助恭敬地听着宜道的话，但心里有种“大事已去了一半”的感觉。自己到门口叫门，可是看门人在门里边，不管怎么敲也不给开门。只能听到有个声音说：

“敲也没用，自己打开门进来吧。”

宗助思考怎样才能把门栓打开。他明明知道开门的手段和办法，却没有养成使用这种手段和办法把门打开的能力。也就是说，自己所处的位置，同未考虑这些问题之前毫无不同，他依然无所作为地被锁在门外。他一直都是靠自己的理念生活至今的。这种观念如今使他受到报应而令他悔恨。于是，宗助羡慕起了那些从一开始就不加取舍、冥顽不灵的蠢人，又将那些信念坚定的善男信女视为崇高。宗助似乎生来就注定要长期伫立于门外的命运。此乃无奈之事。可是，既然此门不开，却千里迢迢奔这里来，岂不是很矛盾吗？他回望身后，实在没有勇气原路返回。他眺望前方，前方坚固的铁门总是遮挡着他的视线。他不是可以走进此门的人。他也不是一个不进此门也无所谓的人。总之一句话，他是一个瑟瑟伫立于门下，等待日暮的不幸的人。

出发之前，宗助在宜道陪伴下到老师那里辞行。老师让他俩进入莲花池上的一间檐廊有栏杆的会客间里。宜道自己到隔壁房间沏茶端来。

“东京现在还很冷吧？”老师说，“要是能多少摸到点儿门道后再回去，以后在家参禅也容易些。真是遗憾哪。”

听了老师这番话，宗助恭敬地致了谢，又从十天前进来的那座山门走了出去。遮蔽在寺院之甍上的杉树阴影，锁住寒冬侵袭，黑幽幽地耸立在他身后。

22

宗助时隔多日返回家中的模样，连他自己都觉得可怜兮兮的。这十天来，他每天清早只用冷水擦擦头发，连梳子都没有摸过，刮胡子就更没时间了。一日三餐，虽说吃的都是宜道为招待他煮的白米饭，可说到副食，不是熬菜，就是煮萝卜。他的脸色因而变得苍白，比去之前还要憔悴些。加上，他在一窗庵养成的苦思冥想的惯性，残留着犹如母鸡抱窝一般的心情，头脑不像以往那样运转自如了。然而，他仍旧惦记着坂井。不，准确地说，是惦记着坂井所说的令他惊讶的那位冒险家弟弟，还有让他心神不宁的弟弟的朋友——安井的消息。然而，他没有勇气到房东家去打听清楚，更不能间接地去问阿米。就是在山里的时候，他几乎没有一天不担心，生怕阿米听说这件事。

宗助在多年住惯了的家里坐下后，问阿米：

“其实乘火车的话，也没有多远，可也许是心理作用吧，还挺累人的。我不在家的时候，没什么事情吗？”他的脸色确实显得很疲惫，连短途火车也受不了似的。

阿米一向不忘在丈夫面前保持微笑，今天却没有笑容。然而，她实在不忍心对刚从休养地回来的丈夫直白地说出“看你的身体还不如在家的时候呢”，所以故作快活地说：

“就算休养得再好，一回到家都会觉得疲劳的。不过，你也太不修边幅了。拜托了，休息一下后，就去洗澡、剃头、刮胡子吧。”一边说，一边从抽屉里找出一面小镜子，给丈夫自己照一照。

宗助听了阿米这番话，才感到一窗庵的气息被风吹走了。一旦从山里回到家来，他还是回归了从前的宗助。

“后来，坂井先生没有派人来说过什么吗？”

“嗯，什么也没有说过。”

“小六的事也没有吗？”

“也没有提过。”

小六去图书馆了，不在家。宗助拿着手巾和肥皂出去了。

第二天去上班后，大家都问宗助的病好了没有，有的人还说他瘦了些。宗助听来，这句话里有种无意识地冷嘲意味。那位读《菜根谭》的同事只问了他一句：“怎么样？一切顺利吗？”宗助不禁百感交集。

当晚，阿米和小六又轮番地追问起了宗助镰仓的修禅之行。

“真是自在啊。居然不用留人看门呢。”阿米说道。

“你在那儿吃住一天，跟你要多少钱？”小六问，“要是能扛着枪去打猎玩儿，还有点儿意思呀。”

“想必特别无聊吧，那样清静的地方。你总不能从早到晚一直睡觉呀。”阿米又说。

“除非是多少能吃到滋养食物的地方，不然对身体不好吧。”小六说。

夜里，宗助躺在床上，考虑明天一定下决心到坂井家去一趟，不露声色地探问一下安井的消息，如果他还在东京，经常同坂井有来往的话，自己就离开这儿，搬得远远的。

第二天，太阳还是一样照在宗助的脑袋上，又照常朝西边落下。

晚上，他对阿米说了声“我到坂井家去一下”，就走出了大门。他走上没有月光的坡路，嘎啦嘎啦地踩着煤气灯照亮的石子，打开侧门时，预感今晚应该不会碰上安井的。但他还是没有忘记特意绕到厨房门口，先问了问家里有没有来客。

“欢迎啊。这天气怎么还是这么冷啊。”房东一如往常，精神饱满地跟他打招呼。房东让这群孩子在自己面前站成一排，正在和其中一个孩子，一边吆喝着一边划拳。那个女孩子有六岁模样，头上扎着宽绸带盘成的红色蝴蝶结，以不服输的架势握紧小手猛地伸出来。她那果敢的表情和小拳头和房东的粗大拳头，形成明显对比，逗得大家哈哈大笑。

一直坐在火盆旁观看的夫人也露出洁白的牙齿笑了，愉快地说：

“嘿，这回可是雪子赢了。”孩子的膝盖旁边有一堆红、白、蓝各种颜色的玻璃球。

“还是输给雪子喽。”房东扭转身来，一边对宗助说着“怎么样，还是躲到我的洞穴去如何”，一边站了起来。

书斋的柱子上，仍旧挂着那把装在锦袋里的蒙古刀。花瓶里插着盛开的黄色菜花，不知是从什么地方采摘的。宗助看着那只吊在壁龛柱子上的鲜艳的五彩锦套，一边说“还挂着呢”，一边细细打量着房东的神色。

“是啊，太稀罕了，这蒙古刀。” 房东回答，“可是，我那个浪荡弟弟，拿这个玩具来，就是为了笼络我这个当哥哥的，你说叫人头疼不头疼。”

“令弟后来怎么样了？”宗助故作随意地问。

“四五天前总算是回去了，那家伙已经成了地道的蒙古人了。我说，像你这样的异类，不适合在东京待着，还是赶紧回去吧。他就说‘我也这样想’，就回去了。不管怎样，他都是适合生活在万里长城外边的人啊。他那种人，就应该到戈壁滩或沙漠中去寻找钻石嘛。”

“令弟那个同伴呢？”

“你问安井吗？他当然是和弟弟一起走的。看来他这个人，不太安分啊。听说他原来是京都大学的学生，不知后来怎么变成那样了？”

宗助的腋下冒出了汗。安井变成了什么样，为什么说他不太安分，宗助一点儿也没心思问。

他万分庆幸的只是没有向房东透露自己曾经和安井在同一所大学里读过书的事。不过房东曾表示，请自己的弟弟和安井吃晚饭的时候，把宗助介绍给他们二人。虽然宗助婉拒邀请，避免了因出席晚餐而遭遇难堪，但也难保那天晚上，房东不会在谈论什么时，无意中对二人提过自己的名字。宗助切身感受到一个历史不光彩的人，改名换姓地活着要容易得多。他特别想问房东一句："你在安井面前，有没有提过我的名字？"可怎么也问不出口。

女佣端来了一个平底大点心碟子，碟子里摆满了十分别致的点心，在一块豆腐大小的金玉糖[①]上雕出两条镂空金鱼，直接用这把雕刻金鱼的刀，将金鱼原样装在盘子里的。宗助只看一眼，就感到格外别致，不过，他脑子里想着其他事情，有些心不在焉。

"请尝尝看吧。"房东照例先伸出手去拿，"这点心是我昨天参加一个朋友的银婚庆典时带回来的，可是沾着喜气的。吃了你也会一切如意的。"

房东借沾光之名，香甜地吃了好几片金玉糖。他真是个能喝酒，爱饮茶，不管正餐还是点心都来者不拒的好胃口的人。

"说实在的，夫妻一起过了二三十年，满脸都是皱纹了，也没有什么喜气可沾的，不过，这就是凡事要比较才行的道理。记得有一次，我从清水谷公园前走过，遇到一件特别震惊的事。"

房东又扯到稀奇古怪的话题上去了。他这样谈天说地，七

---

① 一种用寒天和砂糖、香料等一起煮成的透明点心。

扯八扯地聊天，让客人不感到厌烦，是长于社交的房东的一贯习性。

据坂井说，从清水谷通往弁庆桥的小水沟那样的水流里，一到春天就生出无数的青蛙。在这些青蛙拥挤在一起，呱呱地鸣叫着成长的过程中，成百上千对儿青蛙情侣便在这条水沟成就姻缘。这些为爱而生、情投意合的青蛙情侣密密麻麻地漂浮在水面，当它们柔情蜜意地从清水谷漂向弁庆桥时，路过的男孩子和无所事事的人，会随手朝它们砸石子，不断地把青蛙情侣杀死，听说被这样打死的青蛙多得数不清。

“我可真是见识了什么叫尸骨累累了！它们都是夫妇，这就更凄惨了！在那地方走两三百米的工夫，咱们不知要遇见多少次这样的悲剧呢。这么一想，咱们都算是幸福的了。至少不用恐惧像青蛙那样因结为夫妻而获罪，被石头打破脑袋。而且，咱们要是平安无事地和妻子过二十年三十年的话，不就是很可喜可贺的事吗？所以我说，你也要沾沾光，吃了它会一切如意的。”房东说着，用筷子夹了一块金玉糖递给宗助。宗助苦笑着接了过来。

房东这样兴致勃勃地说着好笑的事，不知疲倦，宗助只得姑且听之，可是心里却没有房东那样闲聊的兴致。他告辞出来，再次仰望没有月亮的天空时，在这深邃漆黑的夜幕下，不禁生出莫名的悲哀和凄楚。

宗助是抱着可以侥幸免于丢面子的意图到坂井家去的。为了达到这个目的，他忍着羞耻和不快，与充满好意和直率的房东做了一番带有引导意味的聊天。可是自己想打探的事情并没有完全如意。有关自己的隐忧，他没有勇气向房东吐露丝毫，也觉得没有这个必要。

就这样，险些从他头顶掠过的乌云，终于有惊无险地飘过去了。可是，他有着隐隐的预感，与此相似的不安，今后将会以不同的程度循环往复的。制造这种循环的是天意，而设法逃避它则是宗助自己的事了。

23

进入新的月份后，天气不那么寒冷了。月底之前，随着给官员增加薪水，必然伴随的早已疯传的裁员，也基本结束了。这期间，宗助时不时地听说一些认识或不相识的人被解雇。回到家后，常对阿米念叨：

“下回可能就轮到我了。”

阿米觉得丈夫是跟她说笑，又不大像是说笑。有时候她又理解为丈夫为了将隐藏着的未来呼唤出来，故意说的不吉利的话。而这样说的宗助心中，也飘动着和阿米一样的乱云。

又过了一个月，工作部门里人事变动告一段落时，宗助没有被裁掉。他回顾自己存活下来的命运，有时觉得是理所当然的，有时又觉得很偶然似的。他站着，低头看着阿米，戚戚然说道：

“总算死里逃生啊。”看他那副喜忧参半的样子，阿米只觉得滑稽得不行。

又过了两三天，宗助的月薪提高了五元。

“虽说没有按照规定，增加二成五，也没法子。因为被解雇的人没有加薪的人多的关系。”

宗助脸上露出满足之色，仿佛这五元钱给他带来了超出自身以上的价值，载誉而归似的。阿米就不用说了，心里没有什么不满足的。

第二天晚上，宗助看到自家餐桌上摆上了一条有头有尾的鱼，鱼尾伸出了盘子外。还有又红又香的红小豆米饭。阿米特地让阿清去把住在坂井家的小六叫来吃饭。

“哟，有好吃的呀。”小六从后门进来了。

梅花日渐稀疏了，早开的花已开始凋谢。进入了细雨如烟的时节。雨过天晴，太阳一出来，从地面、屋顶都升腾起茫茫雾气，重新唤醒了春天的气息。有时候，看着小狗在厨房门口晾着的雨伞跟前玩耍，蛇眼伞[①]的鲜艳色彩闪现在明亮的阳光下时，那阳炎如火般袅袅上升，让人沉浸于时光闲逸悠长。

“冬天总算是过去了。要不这个周六你到佐伯婶婶家跑一趟，把小六弟的事说定了吧。老是这样放着，回头阿安又该忘了。”阿米催促着。

宗助回答：

“嗯，我干脆去一趟。”

---

① 伞面为红色或蓝色，中间有一个白环，撑开伞后呈现出蛇眼图案。

多亏坂井的好意，小六去他家做学仆了。而且宗助亲口对小六说过，“不足部分，要是安之助能够和他一起分摊就好了。”等不及哥哥去跟安之助商量，小六就立刻自己去找安之助了，并得到了安之助的回话：“宗助在形式上向他提出要求的话，他会同意的。”自己了结了此事。

平静的生活就这样降临在他们夫妇身上。一个星期天的中午，宗助时隔四天，到多日未去的小巷里的澡堂洗澡。在澡堂子里，他听到一个五十来岁的剃了光头的人和一个三十多岁的商人模样的人在寒暄天气，感叹“春天终于到了”。年轻人说：“今天早上第一次听见了黄莺叫。”光头男人说：“我两三天前也听到过。”

“刚开始鸣叫，还不怎么好听吧。”

“是啊，舌头还没活动开呢。”

宗助回到家里，把这段关于黄莺的对话给阿米学说了一遍。阿米望着映在格子门玻璃上的明亮日影，喜上眉梢地说道：

“真是运气呀，终于把春天盼来了。”

宗助来到檐廊上，一边剪着长指甲，一边回应道：

“嗯，可是转眼又到冬天了。”低着头，不停地剪指甲。